DOM QUIXOTE

Tradução e adaptação

WALCYR CARRASCO

DOM QUIXOTE

MIGUEL DE CERVANTES

2ª edição revista
São Paulo

Ilustrações
WEBERSON SANTIAGO

1ª edição 2002

COORDENAÇÃO EDITORIAL Maristela Petrili de Almeida Leite
EDIÇÃO DE TEXTO Carolina Leite de Souza
COORDENAÇÃO DE PRODUÇÃO GRÁFICA Dalva Fumiko
COORDENAÇÃO DE REVISÃO Elaine Cristina del Nero
REVISÃO Dirce Yamamoto, Luís M. Boa Nova, Maristela S. Carrasco
COORDENAÇÃO DE EDIÇÃO DE ARTE Camila Fiorenza
PROJETO GRÁFICO Camila Fiorenza
ILUSTRAÇÕES DE CAPA E MIOLO Weberson Santiago
DIAGRAMAÇÃO Cristina Uetake, Vitória Sousa
PESQUISA ICONOGRÁFICA Mariana Veloso, Carlos Luvizari
COORDENAÇÃO DE *BUREAU* Américo Jesus
TRATAMENTO DE IMAGENS Fábio N. Precendo
PRÉ-IMPRESSÃO Alexandre Petreca, Everton L. de Oliveira Silva, Helio P. de Souza Filho, Marcio Hideyuki Kamoto
COORDENAÇÃO DE PRODUÇÃO INDUSTRIAL Wilson Aparecido Troque
IMPRESSÃO E ACABAMENTO EGB Editora Gráfica Bernardi Ltda.
LOTE 774105
COD 12079444

A TRADUÇÃO FOI BASEADA NA EDIÇÃO:
TÍTULO ORIGINAL: *El ingenioso hidalgo Don Quijote de la Mancha*
EDIÇÃO UTILIZADA: Cátedra Letras Hispánicas

Dados Internacionais de Catalogação na Publicação (CIP)
(Câmara Brasileira do Livro, SP, Brasil)

Carrasco, Walcyr
Dom Quixote / Miguel de Cervantes ; tradução e adaptação Walcyr Carrasco. — 2. ed. — São Paulo : Moderna, 2012. — (Série clássicos universais)

Título original: *El ingenioso hidalgo Don Quijote de la Mancha*
ISBN 978-85-16-07944-4

1. Literatura infantojuvenil I. Cervantes de Saavedra, Miguel de, 1547-1616. II. Título. III. Série.

12-05454 CDD-028.5

Índices para catálogo sistemático:
1. Literatura infantojuvenil 028.5
2. Literatura juvenil 028.5

EDITORA MODERNA LTDA.
Rua Padre Adelino, 758 - Belenzinho
São Paulo - SP - Brasil - CEP 03303-904
Vendas e Atendimento: Tel. (11) 2790-1300
www.modernaliteratura.com.br
2023
Impresso no Brasil

Para todos os Dons Quixotes do mundo,

que lutam pelos seus sonhos.

Sumário

DOM QUIXOTE

Marisa Lajolo

Uma unanimidade universal

Miguel de Cervantes (1547[?]-1616) é talvez o cidadão espanhol mais conhecido e admirado dentro e fora da Espanha. Toda sua merecida fama vem do fato de ele ter escrito *Don Quijote de la Mancha*, obra que até hoje corre o mundo, em diferentes linguagens e línguas. Cinema, teatro, *ballet*, quadros e esculturas, quadrinhos e *sites* contam e recontam a história do cavaleiro magricela, que enfrentava os fortes e defendia os fracos.

E nesses enfrentamentos, faz o leitor rir, sorrir e pensar.

Você já ouviu falar de Dom Quixote?

Misto de caricatura e de ideal, homem ao mesmo tempo doido e sonhador, Dom Quixote encanta e diverte a todos — maiores e menores de idade — com a pureza, generosidade e, muitas vezes, desajeito/canhestrice de suas ações. Faz rir, sorrir e pensar com as trapalhadas que provocam sua incansável — mas nem sempre adequada — luta contra o mal e os maus.

Por tudo isso, Cervantes é um dos maiores escritores do mundo. E a data de sua morte — 23 de abril — foi escolhida pela Unesco como o dia internacional do livro.

De soldado valente a (quase) colonizador da América

A vida de Cervantes foi muito agitada. Ele foi soldado, combateu em várias guerras, fez longas viagens, caiu prisioneiro, perdeu a mão esquerda em combate... enfim, sua trajetória foi pontilhada de aventuras que nem sempre tiveram final feliz.

Tentando a sorte, ele quase veio para a América.

Quase!

Cervantes viveu num tempo (século XVI-XVII) em que a América do Sul (chamada de Índias Ocidentais) era um conjunto de colônias portuguesas e espanholas, e ele pensou em reunir-se à multidão de espanhóis que para cá vinham em nome da colonização, em busca de riquezas.

Abaixo, o leitor poderá conferir uma tradução livre de trechos da comovente carta[1] na qual ele solicita ao rei da Espanha um cargo nas colônias ultramarinas. Na apresentação ao rei de seus méritos para a nomeação solicitada, ele faz um bom resumo de sua vida — quase um currículo! — até 1590, data da solicitação:

Senhor:

Miguel de Cervantes Saavedra serviu a Vossa Majestade por muitos anos nas campanhas por mar e por terra em que a Espanha tem se empenhado de vinte anos para cá, particularmente na Batalha Naval. Recebeu muitas feridas, em razão das quais perdeu uma mão atingida por um tiro de arcabuz, e no ano seguinte (...), vindo a esta corte (...), foi aprisionado na galera do Sol, em companhia de um irmão que também serviu a Vossa Majestade nas mesmas campanhas.

Foram levados para Argel, onde, para pagar o resgate exigido, gastaram o patrimônio que tinham, todos os bens de seus pais e dotes das duas irmãs, que ficaram pobres para livrar seus irmãos do cativeiro.

Depois de libertados, serviram a Vossa Majestade no Reino de Portugal e (...) até o presente momento estão servindo e servem Vossa Majestade, um deles em Flandres, (...) e Miguel de Cervantes (...) em Sevilha (...).

Durante todo este tempo, não recebeu recompensa alguma. *(...)*

Pede e suplica humildemente, quanto pode, que Vossa Majestade seja servido de dar-lhe como recompensa um ofício nas Índias, dos três ou quatro que agora estão vagos: (...) na contadoria do novo reino de Granada, ou o governo da província de Sonocusco, em Guatemala, ou contador das galeras de Cartagena, ou corregedor da cidade de La Paz.

Em qualquer destes cargos (...) ele se sairia bem e Vossa Majestade estaria bem servido, porque seu desejo é continuar para sempre no serviço de Vossa Majestade e acabar sua vida como o fizeram seus antepassados (...).

A coroa espanhola negou a solicitação de Cervantes.

Imagine: será que ele teria escrito *Dom Quixote* se tivesse vindo à América? Ou será que teria escrito, mas seria um livro diferente?

Contudo, se a pessoa Miguel de Cervantes não chegou a vir à América, sua obra aqui chegou. Chegou, circulou e agradou.

Muito!

Dom Quixote no Brasil e na América

Pesquisas revelam que já em 1605 — mesmo ano da publicação do livro na Espanha — foram enviados exemplares de *Dom Quixote* para as colônias espanholas da América. No Brasil — colônia portuguesa —, foram inúmeras as solicitações para a importação do livro. Anúncios em jornais brasileiros de meados do século XIX divulgavam o livro em espanhol e a partir de traduções portuguesas, o livro ficava acessível a mais brasileiros...

Ou seja: o livro que você vai ler na competente reescritura de Walcyr Carrasco vem sendo lido no Brasil há séculos! E vem sendo lido, muitas vezes, em adaptações como esta: em 1901, por exemplo, Carlos Jansen, um educador brasileiro, traduziu e adaptou a história de *Dom Quixote*. Como este livro que você tem em mãos, a adaptação era voltada para jovens, basicamente para o público escolar da época.

Anos depois, em 1936, o escritor Monteiro Lobato deu outro formato à trajetória de Dom Quixote em terras brasileiras: reescreveu o livro, apresentando-o como se a história fosse contada por Dona Benta a seus netos. A originalidade dessa adaptação lobatiana reside na divertida discussão da história pelos moradores do sítio.

Aventuras, risadas e reflexões sobre a vida humana

Na Espanha, o livro de Cervantes foi publicado em duas etapas: a primeira parte em 1605 e a segunda dez anos depois, em 1615.

No intervalo entre ambas, um escritor que assina Avellaneda, sabendo que o público estava ansioso pela continuação da história, apropriou-se da ideia de Cervantes e publicou uma segunda parte pirata. Cervantes estrilou, mas acabou incluindo na segunda parte a falsa história assinada por Avellaneda.

Hoje, a versão integral de *Dom Quixote* é um livrão bem grosso, com centenas de páginas, que acompanham a trajetória do herói Dom Quixote. A bela adaptação de Walcyr Carrasco mantém a sucessão de aventuras, geralmente iniciadas pela vontade do herói de ajudar os mais fracos e fazer valer as leis e as normas da Cavalaria. Entremeados às aventuras, versinhos populares, às vezes divertidos, às vezes sentimentais.

Ao tempo da primeira publicação de *Dom Quixote* na Europa — início do século XVII — Cervantes podia contar que seus leitores conheciam novelas de Cavalaria, um tipo muito popular de literatura. Eram livros grossos, que celebravam heróis (os Cavaleiros) envolvidos em guerras e em aventuras amorosas, sempre se sagrando vencedores, quer conquistando o coração de lindas damas e donzelas, quer derrotando os inimigos das causas pelas quais lutavam. Esses cavaleiros — chamados cavaleiros andantes, pois andavam de um lado para outro, sempre a cavalo — eram os super-heróis da época.

O mais famoso desses cavaleiros foi Amadis de Gaula.

Já Dom Quixote era um anti-herói, o avesso de todos eles, uma paródia: perdia as batalhas, levava surras tremendas, era ridicularizado pelas damas e donzelas que cortejava. Ou seja, a história de Dom Quixote constitui uma paródia de novelas de cavalaria.

Mas, não obstante sua falta de jeito, o cavaleiro magricela vem, há séculos, apaixonando leitores. Leitores que talvez, como ele, mantenham acesa e alimentem a chama do ideal, de uma vida onde o certo derrota o errado, onde a verdade derrota a mentira.

A vida como ela é e como ela deveria ser

Os dois polos da vida humana — o do sonho e o da realidade — se representam magnificamente na história pelas figuras opostas de Sancho Pança e de Dom Quixote. Um é gordo, outro é magro; um é prático, outro é sonhador. É o senso prático de Sancho Pança que em inúmeras passagens salva a vida do cavaleiro. Intensificando o contraste, a relação entre os dois é assimétrica: Dom Quixote é o amo (= patrão) e Sancho é seu escudeiro (= empregado).

Essa desigualdade de posições entre os dois personagens reproduz a estrutura social do tempo de Cervantes. Na sociedade europeia do século XVIII, a nobreza dominava. O povo miúdo — camponeses, artesãos — não tinha direitos e sofria. Eram seus sofrimentos que moviam Dom Quixote. Ele arriscava a vida pensando estar salvando camponeses espancados, ou mulheres que julgava sequestradas. A permanência de situações injustas ainda reconhecíveis em nossos dias torna a obra de Cervantes (infelizmente!) atualíssima, mesmo 400 anos depois de sua publicação...

Ao lado da simpática figura do escudeiro gorducho que acompanha o amo em suas aventuras até o desfecho do livro, inúmeras outras personagens cruzam a história. Às vezes são tipos humanos com os quais o público original de Cervantes estava bastante familiarizado e que até hoje fazem parte da vida social brasileira: o rico que explora o pobre, a autoridade corrupta, o artista completamente desligado da realidade.

Livros lincados ao livro

Um dos aspectos mais discutidos deste livro de Cervantes é o papel que nele desempenham outros livros. Dom Quixote lia muito, tinha uma biblioteca em casa e adorava novelas de cavalaria. Foi nelas que ele aprendeu o comportamento dos cavaleiros andantes. Admirador profundo das histórias que lia, decidiu que queria viver como os heróis delas, correndo mundo, desfazendo mal feitos, ajudando o próximo.

Você se lembra de algum livro que tenha lido e que tenha marcado sua vida? Vá conferir na apresentação de Walcyr Carrasco o que ele conta de sua (= dele) história de leitura!

A leitura é tematizada em *Dom Quixote* como influenciando profundamente a vida dos leitores. O tema é tratado de forma divertida na narrativa, mas não perde a seriedade. É em nome da força da leitura como modeladora de comportamentos e de valores que ela é tão importante na vida das pessoas. E é também em nome disso que em vários momentos da história da humanidade livros são objeto de censura, pois é muito estreita a relação entre leitura, literatura e vida humana.

A voz que conta a história

Há certos jeitos de narrar muito característicos de Cervantes. Pois, mesmo que contando a mesma história, cada um a conta de um jeito, não é mesmo?

Lendo o livro, você vai perceber que a voz que conta a história — o narrador — parece ter um olho pregado na figura do leitor e da leitora. Como que antecipando a curiosidade de quem lê, o narrador de vez em quando faz uma pergunta, espicha uma reflexão, antecipa uma frestinha do que vem a seguir. Mesma função cumpre a forma pela qual são nomeados os capítulos: eles são uma espécie de trailer do que se vai ler, não é verdade?

Essa forma de dar nome aos capítulos — muito comum em romances e novelas do tempo de Cervantes — é às vezes retomada por escritores que querem dar um tom arcaico a suas histórias. O procedimento é interessante: por um lado, aumenta a curiosidade do leitor; ao mesmo tempo, dá segurança à leitura, na medida em que antecipa o assunto de que se ocupa o capítulo. Segurança talvez muito bem-vinda ao tempo de Cervantes, quando os leitores estavam aprendendo a ler (e a gostar muito de...!) romances.

Mas o procedimento até hoje agrada: parece uma espécie de cortesia ao leitor, como você vai perceber logo, logo ao mergulhar na leitura. O sonho de Dom Quixote de uma vida justa contagia seus leitores. E, por perseguir seu sonho, o herói deste livro é tido por louco pelas pessoas (ditas) sensatas que, com ele, cruzam as páginas da história que Cervantes conta, dizendo tê-la encontrado em um manuscrito árabe, e que aqui você tem nesta bela reescritura de Walcyr Carrasco...

[1] *Original da carta em que Cervantes solicita ao rei de Espanha um cargo na América.*
Señor: Miguel de Cervantes Saavedra, que ha servido a V. Magestad muchos años en las jornadas de mar y tierra que se han ofrecido de veinte y dos años a esta parte, particularmente en la Batalla naval, donde le dieron muchas heridas, de las cuales perdió una mano de un arcabuzazo, y al año siguiente fue a Navarino, y después a la de Tunes y a la Goleta; y viniendo a esta corte con cartas del Sr. D. Joan y del Duque de Sessa, para que V.M. le hiciese merced, fue captivo en la galera del Sol, él y un hermano suyo, que también ha servido a V.M. en las mismas jornadas, y fueron llevados a Argel, donde gastaron el patrimonio que tenían en rescatarse, y toda la hacienda de sus padres y las dotes de dos hermanas doncellas que tenía, las cuales quedaron pobres por rescatar a sus hermanos; y después de libertados fueron a servir a V.M. en el reino de Portugal y a las Terceras con el Mar-

qués de Santa Cruz, y agora al presente están sirviendo y sirven a V.M., el uno de ellos en Flandes, de alférez, y el Miguel de Cervantes fue el que trajo las cartas y avisos del alcalde de Mostogán y fue a Orán por orden de V.M.; y después ha asistido sirviendo en Sevilla en negocios de la armada por orden de Antonio de Guevara, como consta por las informaciones que tiene, y en todo este tiempo no se le ha hecho merced ninguna.

Pide y suplica humildemente, cuanto puede, a V.M. sea servido de hacerle merced de un oficio en las Indias de los tres o cuatro que al presente están vacos, que es el uno en la contaduría del Nuevo reino de Granada, o la gobernación de la provincia de Soconusco en Guatimala, o contador de las galeras de Cartajena, o corregidor de la ciudad de la Paz; que con cualquiera de estos oficios que V.M. le haga merced la recibiría; porque es hombre hábil y suficiente y benemérito para que V.M. le haga merced; porque su deseo es continuar siempre en el servicio de V.M. y acabar su vida como lo han hecho sus antepasados, que en ello recibirá muy gran bien y merced.

El Rey pasó esta solicitud al Consejo de Indias, y al pie de su texto se lee la negativa, realmente sarcástica, del Consejo: «Busque por acá en qué se le haga merced». Madrid, junio de 1590; firmado: El Doctor Núñez Morquecho...

¡Busque por acá en qué se le haga merced! Y hacía ya diez años lo buscaba, desde el regreso del cautiverio en 1580, y por eso pedía aquella merced en las Indias, a las que él llamó «refugio y amparo de los desesperados de España».

Fonte: http://cvc.cervantes.es/literatura/quijote_america/argentina/rojas.htm (acesso em 04/maio/2012).

Edições de *Dom Quixote* consultadas:

- Miguel de Cervantes. *Dom Quixote de la Mancha*. Trad. Almir de Andrade e Milton Amado; il. Gustavo Doré. Rio de Janeiro: Ediouro, 2002.
- Miguel de Cervantes. *Don Quijote de la Mancha*. Edición del IV Centenário. Real Academia Española. Asociación de Academias de la Lengua española. Santillana Ediciones Generales. S.L., 2004 (Alfaguara na lombada). Nesta edição: Vargas Llosa: Una novela para el siglo XXI.

Linha do tempo
Dom Quixote, de Miguel de Cervantes

Marisa Lajolo
Luciana Ribeiro

1547	Nascimento de Miguel de Cervantes Saavedra.
1585	Publicação de *La Galatea*.
1605	Publicação da primeira parte de *Dom Quixote de la Mancha*.
1613	Publicação de *Novelas exemplares*, de Cervantes.
1614	Publicação de versão pirata (por Avellaneda) da segunda parte de *Dom Quixote de la Mancha*.
1616	Publicação da segunda parte de *Dom Quixote de la Mancha*.
	Morte de Miguel de Cervantes Saavedra.
1687	Citação de *Dom Quixote* em soneto de Gregório de Matos (dedicado ao tabelião Manuel Marques).
1733	Estreia no Teatro Beira Alta, em Lisboa, da ópera *Vida de Dom Quixote de La Mancha* (do escritor brasileiro Antônio José da Silva).
1856	Citação de *Dom Quixote* em poema de Machado de Assis (*Poema de Exaltação ao Conhaque*).
1876	Tradução em língua portuguesa de *Dom Quixote* (pelos Viscondes de Castilho e de Azevedo). Publicação: Porto Editora.
	Proposta de Machado de Assis (em crônicas) "da organização de uma companhia literária, no Rio de Janeiro, somente para editar *Dom Quixote* com as famosas ilustrações de Gustave Doré".
1891	Menção em *Quincas Borba* (Machado de Assis) do livro *Dom Quixote*.
1897	Richard Strauss compõe *Dom Quixote*.

1901	Publicação, por Jansen, de versão de *Dom Quixote* em adaptação para o público escolar.
1906	Publicação de *Conferências Literárias*, de Olavo Bilac, com texto referente à *Dom Quixote*.
1936	Lançamento de *Dom Quixote das crianças*, de Monteiro Lobato.
1939	Inclusão em *O Picapau Amarelo* (Monteiro Lobato) de cena em que Dom Quixote toma café na varanda do sítio.
1946	Lançamento de uma edição de *Dom Quixote* com ilustrações de Salvador Dalí.
1951	Ensaio de Luís da Câmara Cascudo sobre *Dom Quixote no folclore do Brasil*, posteriormente incluído na obra *Cervantes entre nós*, publicado pela Editora José Olympio.
1955	Pinturas de Pablo Picasso inspiradas em Dom Quixote e Sancho Pança.
1956	Pinturas de Cândido Portinari inspiradas em *Dom Quixote*.
1958	Estreia de *Dom Pixote*, o primeiro programa de desenho animado produzido para TV (por Hanna Barbera).
1959	Início da filmagem por Orson Welles do filme *Dom Quixote* (em 1992, surgiu uma cópia em DVD).
1960	Premio Emmy para *Dom Pixote*, série de TV.
	Jorge Luís Borges escreve *Parábola de Cervantes y de Quijote* (parte integrante da obra *El Hacedor*).
1968	Rita Lee (Os Mutantes) interpreta, no IV Festival de Música Popular Brasileira da TV Record, a canção *Dom Quixote*.
1971	Publicação do romance *A pedra do reino*, de Ariano Suassuna, cujo personagem central, Dom Pedro Diniz Quaderna, é uma espécie de Dom Quixote da caatinga.
1972	Estreia o espetáculo *O homem de la Mancha*, com Paulo Autran e Bibi Ferreira (musical da Broadway, 1965, com tradução de Paulo Pontes e direção de Flávio Rangel. Música de Chico Buarque e Ruy Guerra).

1973	Publicação da coletânea poética *As impurezas do branco*, com 21 poemas que Carlos Drummond de Andrade escreveu originalmente para o livro de arte *Quixote e Sancho*, de Portinari.
1977	Lançamento do filme brasileiro *As trapalhadas de Dom Quixote e Sancho Pança* (direção de Ary Fernandes).
1980	Novela da rede Bandeirantes exibe *Dulcineia vai à guerra* (com Dercy Gonçalves).
1988	Gravação por Cesar Camargo Mariano da música instrumental *Dom Quixote* (Álbum: Ponte das estrelas – Sony/Brasil).
1989	Lançamento de *Dom Quixote no Brasil*, de Teresa Noronha e Sandra Aymone (Edições Loyola).
1992	Estreia de *Quixó*, adaptação para TV do romance *Dom Quixote*, com Chico Anysio (inédito).
1998	O Instituto Cervantes chega ao Brasil (primeira sede em São Paulo).
2001	A Fundação Biblioteca Nacional realiza a Exposição *Dom Quixote & Cervantes*.
2002	*Dom Quixote* é eleito a melhor obra de ficção de todos os tempos (pelo Clube do Livro da Noruega).
2005	Lançamento de *O cavaleiro do sonho: as aventuras e desventuras de Dom Quixote de la Mancha* (de Ana Maria Machado), com ilustrações de Cândido Portinari.
	Lançamento no formato HQ do livro *Heroísmo de Quixote*, pela Editora Rocco.
	Lançamento de *Dom Quixote* em quadrinhos (por Caco Galhardo), Editora Peirópolis.
2007	Apresentação do espetáculo ambulante *Das saborosas aventuras de Dom Quixote de la Mancha e seu escudeiro Sancho Pança – um capítulo que poderia ter sido*, pelo grupo Teatro que Roda.
	Lançamento do filme animado *Donkey Xote*, dirigido por Jose Pozo (produzido por Lumiq Studios e Filmax Animation).

2008	Estreia do espetáculo *Dom Quixote de lugar nenhum*, com Edson Celulari (adaptação de Ruy Guerra e direção de Ernesto Piccolo).
2010	Apresentação no Brasil do espetáculo de balé *Don Quixote*, pela Escola do Teatro Bolshoi.
	Apresentação pela escola de samba carioca União da Ilha do Governador do enredo "Dom Quixote de la Mancha, o cavaleiro dos sonhos impossíveis".
2011	Apresentação do espetáculo de balé *Don Quixote*, pela Cia. Fernanda Bianchini de ballet de cegos.
	O grupo Circo Navegador estreia o espetáculo *Quixotes*.

Referências:

http://educacao.uol.com.br/biografias/miguel-de-cervantes.jhtm (acesso em 04/maio/2012)

http://www.cartacapital.com.br/carta-fundamental/dom-quixote-meu-primeiro-amor-livresco/ (acesso em 04/maio/2012)

http://artes.com/sys/sections.php?artid=37&op=view (acesso em 04/maio/2012)

http://www.ciafernandabianchini.org.br/dom-quixote-teatro-brigadeiro/ (acesso em 04/maio/2012)

http://www.escolabolshoi.com.br/blog/?p=1480 (acesso em 04/maio/2012)

http://www.virtualbooks.com.br/v2/autores/?cod=209 (acesso em 04/maio/2012)

http://www.pucrs.br/edipucrs/online/vsemanaletras/Artigos%20e%20Notas_PDF/Paula%20Mastroberti.pdf (acesso em 04/maio/2012)

http://purl.pt/920/1/ilustradores/ilustradores-dali.html (acesso em 04/maio/2012)

http://pt.wikipedia.org/wiki/Dom_Quixote (acesso em 04/maio/2012)

http://lobato.globo.com/lobato_Linha.asp (acesso em 04/maio/2012)

http://pt.wikipedia.org/wiki/O_Homem_de_La_Mancha (acesso em 04/maio/2012)

http://riodejaneiro.cervantes.es/br/quem_somos_brasil_espanhol.htm (acesso em 04/maio/2012)

http://www.academia.org.br/abl/cgi/cgilua.exe/sys/start.htm?infoid=4534&sid=338 (acesso em 04/maio/2012)

http://www.sescsp.org.br/sesc/revistas/revistas_link.cfm?edicao_id=293&Artigo_ID=4558&IDCategoria=5190&reftype=2 (acesso em 04/maio/2012)

PAINEL DE IMAGENS

Retrato de Miguel de Cervantes, pintura de Juan de Jauregui, século XVII.

EL INGENIOSO
HIDALGO DON QVI-
XOTE DE LA MANCHA,
Compuesto por Miguel de Ceruantes Saauedra.
DIRIGIDO AL DVQVE DE BEIAR,
Marques de Gibraleon, Conde de Benalcaçar, y Baña-
res, Vizconde de la Puebla de Alcozer, Señor de
las villas de Capilla, Curiel, y
Burguillos.

Año, 1605.

CON PRIVILEGIO,
EN MADRID Por Iuan de la Cuesta.
Vendese en casa de Francisco de Robles, librero del Rey nro señor.

Frontispício da primeira edição da primeira parte de *Dom Quixote de la Mancha*, 1605.

SEGVNDA PARTE
DEL INGENIOSO
CAVALLERO
Don Quixote de la Mancha.
POR MIGVEL DE SERVANTES
Saauedra, autor de su primera Parte.
Dirigida a Don Pedro Fernandez de Castro, Conde de Lemos, de Andrade, y de Villalua, Marques de Sarria, &c. Virrey, Gouernador, y Capitan General del Reyno de Napoles, y Presidente del supremo Consejo de Italia.

Año 1617.

En BARCELONA, En casa de SEBASTIAN MATEVAT.

Frontispício da primeira edição da segunda parte de *Dom Quixote de la Mancha*, 1617.

Ilustração de Gustave Doré em que aparecem Dom Quixote e Sancho Pança, 1863.

Gravura de Theodor de Bry representando a chegada de Cristóvão Colombo à América, 1594.

Representação de combate entre cavaleiros cristãos e muçulmanos. Afresco da Batalha de Higueruela, autor desconhecido, Espanha, 1431.

THE HISTORY OF DON-QVICHOTE. The first parte.

PRINTED FOR ED. BLOUNTE

Dom Quixote montado em Rocinante e Sancho Pança em seu burro; o primeiro com uma bacia em sua cabeça e uma lança com uma bandeira em sua mão, e o segundo com um chicote e sua espada. Ao fundo vê-se um moinho. Edição em inglês da primeira parte de *Dom Quixote de la Mancha*, 1612.

PRIMERA PARTE
DE LA GALATEA,
DIVIDIDA EN SEYS LIBROS.
Cõpuesta por Miguel de Ceruantes.
Dirigida al Illustrissi. señor Ascanio Colona Abad de sancta Sofia.

CON PRIVILEGIO.
Impressa en Alcala por Iuan Gracian.
Año de 1585.
A costa de Blas de Robles mercader de libros.

Frontispício da primeira edição de *La Galatea*, de Miguel de Cervantes, 1585.

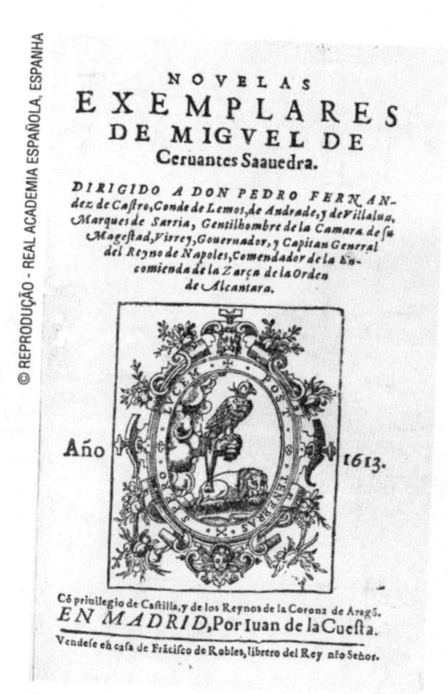

NOVELAS
EXEMPLARES
DE MIGVEL DE
Ceruantes Saauedra.

DIRIGIDO A DON PEDRO FERNANdez de Castro, Conde de Lemos, de Andrade, y de Villalua, Marques de Sarria, Gentilhombre de la Camara de su Magestad, Virrey, Gouernador, y Capitan General del Reyno de Napoles, Comendador de la Encomienda de la Zarça de la Orden de Alcantara.

Año 1613.

Cõ priuilegio de Castilla, y de los Reynos de la Corona de Aragõ.
EN MADRID, Por Iuan de la Cuesta.
Vendese en casa de Frãcisco de Robles, librero del Rey nro Señor.

Frontispício da primeira edição de *Novelas exemplares*, de Miguel de Cervantes, 1613.

Amadis de gaula.

Os quatro libros de Amadis de gaula nueuamente impressos z hystoriados en Seuilla.

Frontispício de edição de 1526 das aventuras do mais famoso herói das novelas de cavalaria: Amadis de Gaula. *Os quatro livros de Amadis de Gaula*, versão escrita por Garci Rodríguez de Montalvo.

Ilustração em que Dom Quixote, montado em Rocinante, aparece ao lado de Sancho Pança; ao fundo pode-se ver o padre, a princesa Micomicona (Doroteia) e o barbeiro (Cardênio não está representado, mas também figura nesta cena). Litografia de Paul Hardy, 1911.

OLAVO BILAC

CONFERENCIAS LITTERARIAS

Gonçalves Dias —
A Tristeza
dos Poetas Brasileiros —
O Riso —
O Diabo — Esperança —
Don Quixote

KÓSMOS
Rio de Janeiro — Alfandega, 34
- 1906 -

Frontispício do livro *Conferências Literárias*, de Olavo Bilac. Kósmos, 1906.

Capa do livro *Dom Quixote das Crianças*, de Monteiro Lobato. Editora Globo, 2010.

Capa do livro *Romance D'a Pedra Do Reino e o Príncipe do Sangue do Vai-e--Volta*, de Ariano Suassuna. José Olympio, 1971.

Capa de *Dom Quixote em quadrinhos*, por Caco Galhardo, Peirópolis, 2005.

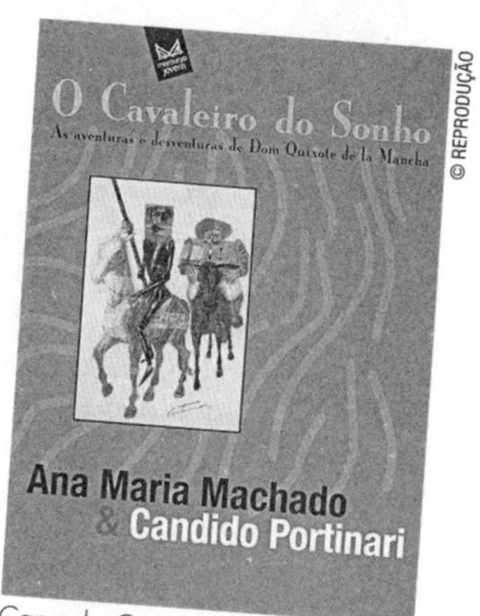

Capa de *O cavaleiro do sonho: as aventuras e desventuras de Dom Quixote de La Mancha*, de Ana Maria Machado e com ilustrações de Cândido Portinari, Mercuryo Jovem, 2005.

Representação de Dom Quixote e Sancho Pança elaborada por Pablo Picasso. *Dom Quixote*, bico de pena e nanquim, 1955.

Litografia de Salvador Dalí em que se observa Dom Quixote à frente e Sancho ao fundo (apenas uma sombra). *Dom Quixote*, 1957.

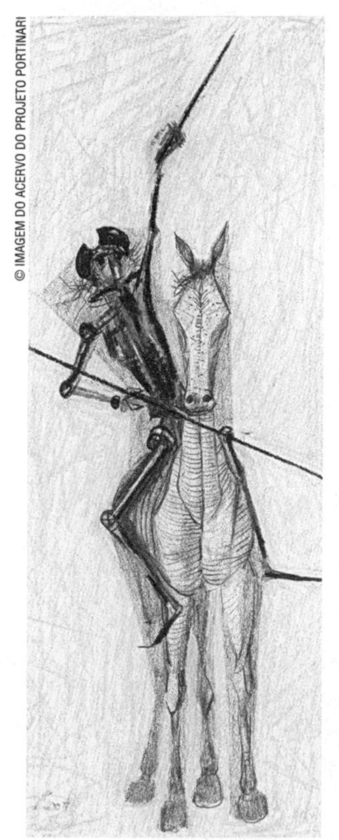

Dom Quixote a cavalo com lança e espada, desenho a lápis de cor/papelão de Cândido Portinari, 1956. Ilustração para o livro *Dom Quixote*, de Miguel de Cervantes, edição não realizada.

Cartaz da apresentação no Brasil (Rio de Janeiro) do espetáculo de balé *Dom Quixote*, pela escola de Teatro Bolshoi, 2010.

Cartaz da peça *O Homem De La Mancha*, com Paulo Autran, Grande Otelo e Bibi Ferreira, 1972.

As atrizes Dercy Gonçalves e Yoná Magalhães, caracterizadas de Dulcinéia e Pepita, em cena da novela *Dulcineia vai à guerra*, da Rede Bandeirantes, 15/01/1981.

Desfile da escola de samba carioca União da Ilha do Governador, cujo enredo era: "Dom Quixote de la Mancha, o cavaleiro dos sonhos impossíveis", 14/02/2010.

1
O FIDALGO SONHADOR

Onde se apresenta o fidalgo sonhador que resolve ser cavaleiro andante e se transforma no famoso Dom Quixote de la Mancha.

Era um fidalgo arruinado. Vivia na região da Mancha, na Espanha. Possuía apenas uma casa, um pedaço de terra e um cavalo magricela. Jantava carne picada com cebola e vinagre. Comia lentilha às sextas-feiras. Aos domingos, quando muito, pombo assado. Só para comer, gastava três quartos de sua renda. Com ele moravam uma governanta de idade madura, uma sobrinha de vinte anos e um rapaz, que cuidava do cavalo e da terra que lhe pertenciam. De luxo, só o sobretudo de pano negro e a calça de veludo que usava em dias de festa. Era rijo, seco de carnes, enxuto de rosto. Usava um longo bigode caído. Tinha cerca de cinquenta anos. Chamava-se Quixada, Quesada ou Quixano — a dúvida existe até hoje.

Apesar da vida modesta, era apegado às antigas tradições. Sonhava com o tempo dos heroicos cavaleiros andantes[1] capazes de conquistar o mundo, vencer batalhas, dominar gigantes. Vivia de lança em riste, tinha um escudo antigo, além do cavalo magro, e um cachorro. Gostava de caçar. Boa parte do tempo passava debruçado sobre os livros que contavam a vida desses cavaleiros andantes. Não se importava com os problemas da casa ou da terra. Mais que isso: chegou a vender parte da propriedade e das colheitas para comprar mais livros. Mergulhava nas aventuras dos cavaleiros andantes, nas histórias de duelos, encantamentos, princesas em perigo. Às vezes, nem dormia. Para

[1] Na Idade Média, cavaleiro que ia de região a região em busca de aventuras e com o objetivo de reparar injustiças.

ele, a fantasia tornou-se realidade. Perdeu completamente o juízo. Resolveu tornar-se um herói como os de antigamente. Um cavaleiro andante. Sair pelo mundo a cavalo, com a lança em riste e a armadura, em busca de aventuras. Fazendo justiça, conquistando fama e glória!

Limpou a armadura que herdara dos bisavós, enferrujada e esquecida em um canto. Queria também um elmo, como os dos heróis do passado. Tinha um, incompleto. Não teve dúvida: fez uma viseira de papelão, com pequenas barras de ferro por dentro. Também precisava de um cavalo. Foi à estrebaria ver o que possuía. O animal era só pele e osso. A seus olhos pareceu tão forte e heroico como o corcel de Alexandre, o Grande[2], o rei da Macedônia que conquistou o mundo. Quis dar um nome retumbante ao cavalo. Depois de criar apelidos, juntar e riscar muitas ideias, decidiu-se por Rocinante. Nome, a seu ver, alto, sonoro e digno das aventuras que o equino viveria a

[2] Rei da Macedônia (Grécia), nasceu no ano 356 a.C. e foi responsável pela expansão da cultura grega no mundo antigo. Por influência do famoso filósofo grego Aristóteles, de quem foi aluno, passou a apreciar a filosofia, a medicina e as ciências. Assumiu o trono aos 20 anos, após o assassinato do pai. Em treze anos de reinado, Alexandre, também conhecido como Magno, criou o maior império territorial conhecido até então. Seus exércitos dominaram a Grécia, a Palestina e o Egito, avançando pela Pérsia e Mesopotâmia, chegando até a Índia. Fundou mais de setenta cidades, várias delas com o nome Alexandria. A mais famosa situava-se no delta do rio Nilo, no Egito, e foi um grande centro cultural, com uma famosa biblioteca. Suas conquistas, além de espalhar a cultura grega pelo Oriente, aumentaram as relações comerciais entre diversas nações. Alexandre morreu aos 33 anos.

seu lado. Mas, se o cavalo ganhara novo nome, também precisava de um para si mesmo. Um nome à altura de um herói! Ficou oito dias pensando. Finalmente, resolveu honrar a terra onde nascera. Chamou a si próprio de "Dom Quixote de la Mancha". E foi como Dom Quixote que se tornou conhecido para sempre.

Segundo a tradição, todos os cavaleiros andantes dos romances possuíam uma dama para amar. Era sempre uma dama misteriosa, a quem juravam servir a vida inteira! E a quem proclamavam a mais bela entre todas as mulheres do mundo. Ai de quem duvidasse disso. Era ofensa suficiente para provocar um duelo! A essa dama, o cavaleiro dedicava suas vitórias, enviava os vencidos para servi-la e implorar por perdão. Pensava Dom Quixote: "E se eu encontrar o gigante Caracuciambro, senhor da ilha de Malindrânia? Tenho que enviá-lo de joelhos a minha amada, para que fale de minha vitória!".

Só havia um problema: não conhecia uma mulher a quem se dedicar! Não namorava, não estava apaixonado. Urgia encontrar tal dama para amar, mesmo que fosse a distância! Dom Quixote ruminou a ideia durante algum tempo. Havia na região uma camponesa, por quem no passado estivera enamorado. Embora, ao que se saiba, ela nunca tomou conhecimento nem desconfiou dessa paixão. Chamava-se Aldonça Lourenço. Decidiu:

— Será ela a dama dos meus pensamentos, a senhora do meu coração!

Decidiu chamá-la Dulcineia del Toboso, por ser Toboso a aldeia onde a moça vivia. Em sua imaginação, ela passou a ser uma princesa. Não se deu, porém, ao trabalho de avisá-la. A camponesa continuou a seguir sua vida, lavrando e cuidando da terra, sem supor ser a dama a quem Dom Quixote dedicava a vida!

Decidiu partir em busca de aventuras. Não avisou ninguém. Em um dia de julho, botou a armadura, pegou o escudo, empunhou a lança e montou Rocinante. Partiu, com grande alegria. A glória o esperava!

2
O RITUAL DA CAVALARIA

De como Dom Quixote sai
para sua primeira aventura e
submete-se ao ritual da cavalaria.

Assim que chegou ao campo aberto, foi assaltado por um terrível pensamento. Ainda não fora armado cavaleiro!

De acordo com a tradição das antigas ordens da cavalaria medieval, era necessário um ritual para alguém ser chamado cavaleiro. Não bastavam o nome, a armadura, a dama a quem servir. Antes de ser armado, um cavaleiro não é cavaleiro. É um ritual bem definido, com uma cerimônia cheia de regras. O pretendente deve passar a noite acordado, velando por suas armas. Ao amanhecer, outro cavaleiro deve colocá-lo de joelhos, dizer as palavras do ritual e sagrá-lo, entregando-lhe novamente as armas. Só então o cavaleiro merecia o título e as homenagens a ele devidas. Mas havia um problema: onde Dom Quixote poderia encontrar um cavaleiro para realizar a cerimônia?

Galopou o dia todo. Quando estava com fome e exausto, viu uma hospedaria bastante simples. Na sua imaginação, transformou a hospedaria em um castelo! Aproximou-se, certo de que alguém viria tomar-lhe as rédeas da mão e cuidar de seu cavalo. E que sua chegada seria anunciada pelo toque da trombeta. Nada! Aproximou-se da porta. Um tratador de porcos caminhava em sua direção. Tocou uma corneta. Dom Quixote não teve dúvida: devia ser um servo do castelo tocando a trombeta em sua homenagem! Duas moças do povo, um tanto vulgares, estavam por lá. Imediatamente, sua imaginação as transformou em formosas damas do castelo! Levantou a viseira, mostrando o rosto cansado e cheio de poeira. Falou cortesmente:

— Não se assustem, gentis donzelas! Pertenço à ordem dos cavaleiros andantes. Estou aqui para protegê-las de todos os perigos! Ofereço meus serviços a damas tão elegantes!

As moças começaram a rir, escandalosas. Como mulheres do povo, jamais eram tratadas daquela maneira. Muito menos chamadas de damas! Dom Quixote não entendeu a reação. Irritou-se. O dono da estalagem saiu à porta. Era um homem gordo, bem-humorado. Vendo a figura despropositada, de armadura, lança, escudo e viseira de papelão, também quase caiu na gargalhada. Mas ao notar a lança e a carranca do desconhecido, resolveu falar educadamente:

— Senhor cavaleiro, busca pousada? Estou à disposição, embora não tenha quarto.

Dom Quixote pensou tratar-se do senhor do castelo. Respondeu:

— Para mim, senhor castelão, qualquer canto é suficiente. As armas são minha glória. Meu descanso é lutar.

Bem que o dono da hospedaria estranhou o tratamento. Franziu a testa. Ajudou o fidalgo a apear do cavalo. Este desceu com muita dificuldade, pois não tinha comido uma migalha o dia todo. Pediu ao hospedeiro muito cuidado com o cavalo, por tratar-se do melhor e mais valioso deste mundo. O homem observou o animal magricela, franziu a testa e nada disse. Levou-o à estrebaria. Ao voltar, encontrou Dom Quixote ao lado das duas moças, que o ajudavam a despir a armadura. Não era tarefa fácil. Uma armadura é composta de várias peças. Tiraram o peitoral e a couraça. Mas não conseguiram arrancar a gola e o elmo, amarrados com fitas verdes.

— É nó cego. Só cortando! — disse uma delas.

Ele não consentiu. Ficou só com o elmo na cabeça. Uma figura estranhíssima! Mesmo assim, estava feliz. Acreditava estar sendo servido por duas princesas! Recitava, com muita cortesia.

— *Nunca houve cavaleiro*

de damas tão bem servido!

As moças perguntaram se queria comer alguma coisa. Aceitou. Puseram uma mesa à porta da estalagem, onde estava mais fresco. O proprietário trouxe uma porção de bacalhau mal cozido e um pão preto com aparência tão ruim quanto a das armas de Dom Quixote. Mas ele aceitou como se fosse um banquete! Até vê-lo comer era engraçado! Como não havia tirado o elmo, tinha que erguer a viseira com as duas mãos. Uma das moças botava comida em sua boca. A cada mordida, o elmo fechava. E depois ele o erguia novamente. Era impossível beber desse jeito. Usaram um canudo de madeira para despejar o vinho em sua goela! O tratador de porcos começou a tocar gaita. Foi o suficiente para Dom Quixote imaginar que estava em um castelo importante e que jantava ao som de música. Teve ainda mais certeza de que as moças eram fidalgas, e o estalajadeiro, castelão!

Tudo parecia perfeito! Só uma coisa o preocupava: ainda não fora armado cavaleiro. Antes disso, não poderia viver aventuras gloriosas e tornar-se famoso como os heróis dos romances que tanto admirava!

Apressou a refeição. No final, chamou o dono do local. Trancou-se com ele na estrebaria. Ajoelhou-se e pediu:

— Ó valoroso cavaleiro, senhor deste castelo, nunca mais me levantarei se não me outorgar um dom, por meio do qual poderei servir a humanidade!

O gorducho não entendia muito bem as palavras difíceis que usava, nem o que estava acontecendo. Insistiu para que ele se levantasse. O cavaleiro da Mancha se recusou. E o estalajadeiro afinal prometeu fazer o que pedia. Dom Quixote continuou:

— Quero que me arme cavaleiro, amanhã cedo. Passarei a noite velando as armas em sua capela, como manda a tradição!

Bem desconfiado de que seu hóspede não tinha o juízo perfeito, ao ouvir o falatório, o homem teve certeza. Resolveu levar a situação adiante com bom humor. E disse que lhe faria a vontade. Afirmou que, quando jovem, também se tornara cavaleiro andante, vivendo muitas aventuras, percorrendo toda a Espanha! Só viera recolher-se àquele castelo justamente para receber os cavaleiros andantes, dos quais gostava imensamente! Explicou:

— A capela do castelo foi demolida, para ser reconstruída com mais perfeição. Mas as armas podem ser veladas no pátio.

Dom Quixote concordou, encantado. O gorducho concluiu:

— Ao amanhecer, se Deus quiser, faremos as cerimônias para armá-lo cavaleiro, e tão cavaleiro quanto os melhores deste mundo.

Em seguida, perguntou:

— Trouxe dinheiro?

Surpreso, Dom Quixote respondeu:

— Não. Nas histórias dos cavaleiros andantes, nenhum traz dinheiro consigo.

— Está enganado — respondeu o homem. — Nas histórias não se fala disso porque os autores acharam não ser preciso falar de uma coisa tão indispensável como dinheiro e roupa lavada. Todos os cavaleiros andantes possuem uma bolsa recheada com moedas para as despesas e uma caixa pequena com remédios para tratar os ferimentos causados pelas batalhas, além de camisas para trocar!

Segundo o estalajadeiro, todo cavaleiro andante deveria possuir um escudeiro para acompanhá-lo. Ele seria encarregado de levar a bagagem, a bolsa de moedas e os remédios.

— Não torne a andar sem dinheiro! — avisou.

Prometendo seguir o conselho, Dom Quixote foi velar suas armas, como mandava a tradição. Empilhou-as em cima de um poço. Ficou andando de um lado para o outro, guardando as armas de lança em punho. Todos os hóspedes do local riram com a cena. Mas em seguida foram tratar de seus afazeres.

Dali a algum tempo, um tropeiro resolveu dar água a seus cavalos. Foi até o poço. Mal começou a tirar as armas de cima, Dom Quixote aproximou-se e ordenou em voz alta:

— Pare! Não toque nessas armas, se não quiser perder a vida pelo atrevimento!

O tropeiro não levou o aviso a sério. (Quem levaria, por sinal?) Pegou a armadura e atirou-a longe. Furioso, Dom Quixote ergueu os olhos para o céu. Exclamou:

— Ó, minha senhora Dulcineia, valei-me!

Pegou a lança. Deu um tremendo golpe na cabeça do rapaz. Este caiu no chão, desmaiado. Vitorioso, Dom Quixote acalmou--se. Havia vencido sua primeira batalha! Voltou a caminhar de um lado para o outro, velando as armas. Chegou outro tropeiro. Sem saber o que acontecera, também foi dar de beber aos cavalos. Pegou as armas que Dom Quixote havia recolocado em cima do poço. Sem dizer uma palavra, o fidalgo da Mancha arrebentou a cabeça do tropeiro com mais um golpe de lança. Com o grito do ferido, as pessoas que estavam na hospedaria vieram correndo.

— Que está acontecendo?

— Esse sujeito é doido!

— Temos que dar um jeito nele!

Os amigos dos feridos atiraram pedras. Dom Quixote se defendeu com o escudo. Agarrou a espada e exclamou, pedindo inspiração para sua amada Dulcineia:

— Ó, senhora tão formosa, dai-me forças para vencer tantos inimigos!

Dom Quixote gritava tão alto, com tanta coragem, que assustou os atacantes. Graças a isso, e também aos pedidos do dono da hospedaria, pararam de alvejá-lo! Dom Quixote permitiu que socorressem os feridos.

Diante de tanta confusão, o estalajadeiro resolveu livrar-se do hóspede. Aproximou-se e falou com toda a gentileza:

— Perdoe a insolência dessa gente vil, ó nobre senhor. Já foram bem castigados pelo atrevimento. Como neste meu castelo não há capela, já podemos concluir a cerimônia. Não é preciso esperar o amanhecer!

Pegou o livro caixa onde anotava a palha e a cevada que vendia aos tropeiros, e as dívidas de cada um. Um rapaz trouxe um toco de vela aceso. As duas moças aproximaram-se. O estalajadeiro, aceitando o papel de castelão, pediu que Dom Quixote se ajoelhasse. Fingiu que estava lendo. Mas falou em voz baixíssima. Para a imaginação do fidalgo, eram palavras sagradas! Pegou a espada e encostou-a no pescoço e no ombro de Dom Quixote, rosnando, como se rezasse. Mas sempre com ar muito solene. Uma das moças prendeu a espada em sua cintura. Disse em voz alta:

— Deus fazei de vós um bom cavaleiro. E pela graça dos Céus, vivereis muitas aventuras!

A outra calçou nele as esporas. Dom Quixote agradeceu as duas com muita cortesia.

Terminada a cerimônia, o cavaleiro ficou impaciente. Queria sair pelo mundo em busca do glorioso destino. Buscou o cavalo Rocinante. Montou. Abraçou o hospedeiro, agradecendo muito. O homem despediu-se bem depressa. Nem fez questão de receber a conta. Só queria vê-lo bem longe!

3
A PRIMEIRA BATALHA

Onde se conta a primeira batalha de Dom Quixote e as primeiras desventuras.

Satisfeito por haver se tornado cavaleiro, Dom Quixote quase arrebentava de alegria. Lembrou-se do conselho do estalajadeiro e resolveu voltar para casa, para buscar uma bolsa de moedas bem recheada e roupas limpas. Também precisava encontrar um escudeiro que o acompanhasse em suas aventuras. Já tinha em mente um lavrador, seu vizinho, pobre e cheio de filhos. Assim pensando, encaminhou Rocinante na direção de sua aldeia. O cavalo pareceu adivinhar. Cavalgava tão ansiosamente, que quase nem punha os pés no chão. De repente, o fidalgo ouviu berros de dor. Gritos de socorro!

— Alguém precisa de minha ajuda! — bradou Dom Quixote.

Torceu as rédeas de Rocinante e rumou em direção aos gritos. Encontrou um rapazinho de uns quinze anos amarrado em uma árvore. Estava levando uma tremenda surra de correia, dada por um lavrador alto e forte.

— Pare, seu covarde. Suba no seu cavalo e venha lutar comigo! — desafiou Dom Quixote.

Ao ver aquela figura de lança em punho, o lavrador respondeu com ar de desculpas:

— Este rapaz é meu empregado. Tem a obrigação de guardar meu rebanho de ovelhas. Mas, todos os dias, desaparece uma! E ainda diz que não lhe pago o salário!

— Ele me deve nove meses de ordenado a sete moedas por mês! — gritou o rapaz.

— Pague imediatamente! — ordenou Dom Quixote.

O patrão argumentou:

— É preciso abater as despesas com sapatos e remédios deste malandro!

— Tudo isso fica por conta da surra injusta que ele levou. Agora pague!

Com expressão humilde, o camponês insistiu:

— Lamento, ó senhor cavaleiro. Não tenho essa quantia comigo. — E convidou o rapazinho, que já estava desamarrado: — Venha até minha casa, André, que eu lhe pagarei.

— Eu, ir com ele? Se me pega sozinho, vai me esfolar vivo! — recusou-se o garoto.

Garantiu Dom Quixote:

— Seu patrão não fará tal coisa. Basta que jure pelas leis da cavalaria.

— Mas ele não é cavaleiro! Até se nega a pagar meu suor e trabalho!

O camponês garantiu:

— Juro por todas as leis da cavalaria do mundo pagar tudo que lhe devo, moeda por moeda. Pagarei de muito boa vontade.

Satisfeito, Dom Quixote despediu-se:

— Pois então cumpra o juramento. Sou o valoroso Dom Quixote de la Mancha, protetor dos injustiçados. Se não cumprir o que disse, venho buscá-lo. Vou castigá-lo, nem que se esconda tão fundo quanto uma minhoca!

Esporeou Rocinante e partiu. Mal deixou o bosque, o lavrador falou para o rapaz:

— Venha cá, meu filho. Quero pagar o que lhe devo.

— Faz muito bem. Ou ele voltará para arrancar sua pele!

O patrão sorriu, malvadamente:

— Antes, quero aumentar a dívida, para ser maior o pagamento.

Assim dizendo, agarrou o braço do rapaz. Amarrou-o novamente. E lhe deu uma surra tão grande, que o deixou caído.

— Vá! Pode chamar o grande protetor dos injustiçados!

André foi embora chorando. O amo ria sem parar. Dom Quixote, certo de ter salvado um inocente, continuou a viagem todo cheio de si!

Chegou a uma encruzilhada.

— Que caminho devo escolher?

Soltou as rédeas de Rocinante, esperando que seu nobre cavalo escolhesse o mais glorioso destino. O cavalo, é claro, pegou o caminho de casa. O fidalgo seguiu satisfeito.

Mais adiante, ouviu um tropel. Eram seis mercadores da cidade de Toledo, que iam à região da Múrcia comprar seda. Traziam grandes guarda-sóis abertos e estavam acompanhados de quatro criados a cavalo e três ajudantes a pé, puxando mulas. Ao ver o grupo, Dom Quixote decidiu proclamar ao mundo a beleza de sua Dulcineia. Parou no meio do caminho! Gritou, com muita arrogância:

— Parem! Confessem que não há no mundo donzela mais linda que Dulcineia del Toboso, imperatriz da Mancha!

Vendo a estranha figura, os mercadores logo perceberam tratar-se de um doido. Resolveram descobrir até onde ia a loucura do homem. Um deles respondeu, brincalhão:

— Senhor cavaleiro, não temos a honra de conhecer senhora tão importante. Queremos vê-la. Se for tão formosa como diz, de boa vontade confessaremos que é a mais bela deste mundo!

Dom Quixote irritou-se:

— É preciso que acreditem sem vê-la, porque estou dizendo! Jurem que é a mais bela! Ou então vão se ver comigo!

Um dos mercadores respondeu, bem-humorado:

— Ao menos nos mostre um retrato dela! Ainda que tenha um olho torto, que o outro solte enxofre, e tenha uma corcova nas costas, só para agradarmos ao senhor, diremos o que quiser:

— Não é vesga nem corcunda! Ofendeu uma grande beldade! — bradou o fidalgo.

Ergueu a lança. Arremeteu-a contra o mercador. Poderia tê--lo ferido gravemente. Por sorte, Rocinante tropeçou e caiu. Dom Quixote rolou pelo chão. Ficou caído sem poder levantar-se devido ao peso da armadura, da couraça, do escudo, das esporas e da lança. Exatamente como um besouro de pernas para o ar. Enquanto tentava se erguer, gritava:

— Não fujam, covardes!

Um dos rapazes que puxavam as mulas perdeu a paciência. Foi até ele. Pegou a lança. Partiu-a em pedaços. E com eles deu uma surra em nosso nobre cavaleiro. Mesmo assim, Dom Quixote vociferava ameaças. Os mercadores seguiram viagem. O rapaz os seguiu. Moído de pancadas, Dom Quixote ficou caído no chão. Quis levantar-se. Impossível.

Consolou-se se lembrando dos outros heróis que haviam passado por sofrimentos semelhantes. Começou a recitar uma história em versos, pensando em Dulcineia:

Onde estás, senhora minha?
Que não te dói o meu mal?
Ou dele não sabes, senhora
ou és falsa e desleal!

Continuou a declamar até chegar aos versos que diziam:

Ó nobre Marquês de Mântua
meu tio e senhor carnal!

Naquele instante passou um vizinho seu. O homem levara uma carga de trigo ao moinho, para fazer farinha. Agora, voltava para a aldeia. Vendo o cavaleiro caído, aproximou-se. Não reconheceu Dom Quixote, pois ele estava com o rosto coberto pela viseira. Perguntou o que havia. O fidalgo pensou tratar-se do próprio Marquês de Mântua e continuou a declamar. Pasmo, o lavrador retirou a viseira toda arrebentada. Limpou o rosto. Reconheceu o fidalgo!

— Senhor, o que aconteceu?

Dom Quixote continuou a falar com ele como se fosse o marquês.

— Endoidou! — concluiu o lavrador.

Ajudou Dom Quixote a se levantar. De tão machucado, colocou-o em cima de seu burro. As armas, prendeu na sela de Rocinante. Pegou a estrada puxando o burro e o cavalo, enquanto Dom Quixote declamava, julgando-se um grande herói.

— Eu não sou o Marquês de Mântua! — insistia o lavrador. — Sou Pedro Alonso, seu vizinho!

Inútil! O fidalgo não lhe deu ouvidos! Declamava seus versos, falando de batalhas, imperadores, heróis e dragões. O vizinho levou-o até o povoado. A casa do fidalgo se encontrava em um grande alvoroço. Sua sobrinha, a governanta, o padre da aldeia e o barbeiro estavam preocupadíssimos com seu desaparecimento.

— Sumiu há três dias! — lamentava-se a governanta. — É culpa das histórias de cavalaria, que viraram sua cabeça! Agora me lembro, vivia dizendo que queria se tornar cavaleiro andante!

A sobrinha concordava:

— Às vezes, empunhava a espada e lutava contra as paredes! Depois, dizia que tinha vencido quatro gigantes. Eu bem que avisei, pedi que fosse tratado antes de as coisas chegarem ao ponto que chegaram!

Ao ouvir a conversa, o lavrador concluiu que o vizinho realmente estava mal e resolveu acalmá-lo. Gritou, bem alto:

— Abram caminho para este grande senhor e para o Marquês de Mântua!

Todos correram para fora. Dom Quixote gritou:

— Venho ferido por culpa de meu cavalo. Levem-me para a cama. Chamem a sábia Urganda para me curar.

A governanta gritou:

— Mas que Urganda é essa, de quem nunca ouvi falar? Venham, vamos trazê-lo para dentro. Nós mesmos vamos curá-lo.

Levaram-no para a cama. Não havia ferimentos. Só estava moído pelos tombos. Mesmo assim, Dom Quixote explicou:

— Lutei com dez gigantes!

Puseram o fidalgo para dormir.

O padre da aldeia perguntou ao lavrador:

— Como o encontrou?

Ele narrou todos os detalhes. Inclusive os disparates ditos por Dom Quixote no caminho de casa. O padre, a governanta, o barbeiro e a sobrinha concluíram, juntos: as histórias de cavalaria haviam tirado o juízo do fidalgo!

Enquanto nosso herói dormia, foram à biblioteca da casa. Acharam mais de cem grossos volumes bem encadernados, e ainda outros pequenos. Todos sobre cavalaria. A governanta exclamou:

— Algum bruxo que mora dentro desses livros enfeitiçou o pobre homem!

O padre se divertiu com a simplicidade da mulher.

— Não há bruxo nenhum dentro dos livros. São histórias que falam de antigas tradições, de encantamentos!

De repente, ouviram os gritos de Dom Quixote:

— Venham, valorosos cavaleiros! Venham lutar!

Correram. Já estava de pé. Gritava. Dava golpes com a espada para todos os lados. Foi um custo colocá-lo novamente na cama. Finalmente, o padre conseguiu acalmá-lo. A governanta trouxe uma refeição.

— Em breve volto a enfrentar quem quer o meu mal!

— Mas, tio, por que faz tanta questão de lutar?

— Ah, sobrinha, sobrinha! Ainda arranco as barbas dos meus inimigos!

A sobrinha ficou em silêncio para evitar qualquer tipo de discussão.

Durante quinze dias, o fidalgo permaneceu em casa, sem dar sinais do que pretendia fazer. Mas, é claro, estava pronto para partir em busca de novas aventuras!

4
A BATALHA DOS MOINHOS DE VENTO

Onde se conta o encontro de Dom Quixote com seu escudeiro Sancho Pança e a batalha dos moinhos de vento.

Dom Quixote passou a ter longas conversas com o vizinho lavrador. Era um homem muito pobre, de cabeça fraca, mas de bom coração, chamado Sancho Pança. O fidalgo desfiou grandes promessas para convencê-lo a ser seu fiel escudeiro.

— Quando eu conquistar uma ilha, você será o governador! — garantiu.

— Governador? Eu, Sancho Pança, governador? — espantou-se Sancho Pança.

Decidiu largar mulher e filhos para seguir o fidalgo. Dom Quixote vendeu algumas coisas e juntou uma boa quantia em moedas. Reuniu as armas, pegou roupas limpas e botou em dois grandes alforjes. Sancho montou um burro velho, bem carregado com seus pertences. Dom Quixote, seu cavalo Rocinante. Sem se despedir de ninguém, os dois partiram silenciosamente na calada da noite. Ao amanhecer, já estavam tão longe que seria impossível encontrá-los.

— Ah, senhor, não se esqueça de que me prometeu uma ilha! — dizia Sancho.

— Pode ser até que ganhe um reino e se torne monarca! — prometia Dom Quixote.

Assim conversavam quando, a certa altura do caminho, se depararam com trinta ou quarenta moinhos de vento. Ao vê-los, Dom Quixote fez Rocinante parar.

— Veja, amigo Sancho! Gigantes!

— Onde? — espantou-se Sancho.

— Aqueles de braços compridos!

— Senhor, não são gigantes. São moinhos de vento. Não são braços, são as pás que rodam com o vento, assim trabalham os moinhos!

— Bem se vê que nada conhece de aventuras! — rebateu Dom Quixote. — Se tem medo, vá rezar, enquanto eu travo minha batalha!

Esporeou Rocinante, sem dar importância aos gritos de Sancho, que repetia:

— Não são gigantes, senhor! São moinhos de vento!

Dom Quixote bradava:

— Não fujam, covardes!

O vento aumentou. As pás dos moinhos começaram a girar mais depressa. O fidalgo trovejou:

— Por mais braços que tenham, não me vencerão! Em nome da dama Dulcineia del Toboso, vou derrotá-los!

Ergueu o escudo. Arremeteu com a lança contra o primeiro moinho. A força do vento moveu as pás ainda mais depressa. A lança quebrou-se em pedaços. Cavalo e cavaleiro foram atirados para longe. Sancho Pança acudiu, correndo. Exclamou:

— Valha-me Deus! Eu não disse que eram moinhos de vento?

— Silêncio, amigo Sancho! — rebateu Dom Quixote. — Foi o feiticeiro Frestão que transformou os gigantes em moinhos para me tirar a glória de vencê-los!

Sancho não entendeu muito bem o que seu amo dizia. Mas ajudou nosso herói a subir novamente em Rocinante. Dom Quixote lamentava a perda da lança. Sancho comentou:

— O senhor está machucado. Deve ser por causa do tombo.

— É verdade. Não me queixo, porque os cavaleiros andantes sabem suportar os ferimentos.

— Pois, quando me dói alguma coisa, eu berro! — garantiu Sancho.

Dom Quixote riu da franqueza de seu escudeiro. Sancho continuou:

— E agora? Estou com fome.

Dom Quixote não tinha apetite. Sancho tirou a comida que trazia no alforje colocado no lombo do burro e encheu a pança. O fidalgo conseguiu encontrar um galho seco, onde ajustou a ponta de ferro da lança partida. Quando anoiteceu, deitaram-se embaixo de algumas árvores. O fidalgo passou a noite acordado, pensando em sua amada Dulcineia. Sancho, de pança cheia, dormiu profundamente. Não acordou nem com o sol nem com os passarinhos cantando. Dom Quixote teve que sacudi-lo. Mal abriu os olhos, quis comer outra vez. Tomou mais alguns tragos. Dom Quixote continuava sem fome. Finalmente partiram.

— Preciso avisá-lo, amigo Sancho. Nunca erga a espada para me defender, por mais perigos que eu corra. A não ser que os atacantes sejam gente da ralé. Contra um cavaleiro, só outro cavaleiro!

— Nem penso nisso, senhor! Eu sou pacífico! — garantiu Sancho.

Pela estrada vinham dois frades da ordem de São Bento. Montavam duas mulas. Trajavam hábitos escuros e usavam máscaras com cristais no lugar dos olhos, para resguardá-los do sol e da poeira. Atrás deles via-se uma carruagem seguida por quatro ou cinco homens a cavalo e dois rapazes a pé, puxando mulas. Como se soube mais tarde, a carruagem transportava uma senhora que viajava a Sevilha, onde encontraria o marido. Os frades não viajavam juntamente com ela. Apenas seguiam o mesmo caminho. Mal os viu, Dom Quixote disse para o escudeiro:

— Ou muito me engano, ou esta será a mais gloriosa das aventuras! Aqueles dois vultos negros são feiticeiros! Raptaram uma princesa, que está presa na carruagem! Vou salvá-la!

— Ai! Esta aventura será pior do que a dos moinhos de vento! — gemeu Sancho, já imaginando o que aconteceria. — Repare, meu amo, são dois frades! A carruagem deve ser de alguém que está viajando!

— Já disse, Sancho, e agora repito: você nada sabe de aventuras!

Dom Quixote parou o cavalo no meio da estrada. Gritou:

— Vocês dois, seres endiabrados e descomunais! Soltem imediatamente a princesa que está presa na carruagem. Ou serão castigados duramente!

Admirados, os frades responderam:

— Senhor cavaleiro, não somos endiabrados nem descomunais. Somos dois religiosos. Não sabemos quem vem na carruagem.

— Falas mansas não me enganam, canalhas! — esbravejou Dom Quixote.

Sem aguardar por uma resposta, esporeou Rocinante. Ergueu a lança e atirou-se sobre o primeiro frade. De susto, este caiu da mula. O outro esporeou sua montaria e saiu em disparada.

Sancho correu até o frade caído e quis arrancar suas roupas. Dois rapazes acudiram.

— O que está fazendo? — quis saber um deles.

— Por que está tirando a roupa do frade?

— São os despojos da batalha, que me pertencem. Sou escudeiro do herói — explicou Sancho.

Os rapazes viram que Dom Quixote estava mais longe, junto da carruagem. Não tiveram dúvidas. Deram umas pancadas em Sancho e até puxaram sua barba! O frade caído levantou-se. Montou sua mula e disparou até onde estava seu companheiro. Nenhum dos dois quis esperar o fim da aventura. Fizeram o sinal da cruz e partiram.

Enquanto isso, Dom Quixote conversava com a mulher que estava na carruagem:

— Agora que a salvei de seus raptores, senhora minha, quero que saiba o meu nome. Sou Dom Quixote de la Mancha. Em agradecimento, só peço que vá até minha amada Dulcineia del Toboso. Conte o que fiz para salvá-la. Diga que dedico a ela esta vitória.

Um dos homens que acompanhava a carruagem aproximou-se.

— Suma daqui!

— Não se atreva a falar assim comigo, sou um cavaleiro!

— Veremos quem é o melhor! — gritou o homem.

— Agora, sim, veremos! — bradou Dom Quixote.

Jogou a lança no chão. Desembainhou a espada. Ergueu o escudo. Partiu para cima do homem. Este também pegou uma espada e arrancou uma almofada da carruagem para usar como escudo. Lutaram. O cocheiro, assustado, afastou a carruagem. O oponente atingiu o ombro de Dom Quixote com um golpe duro. O fidalgo só se salvou graças ao escudo.

— Ó senhora da minha alma, formosa Dulcineia, socorra-me! — bradou Dom Quixote.

Investiu furiosamente, de espada erguida. O adversário esperava, montado em sua mula. A dama, na carruagem, rezava, apavorada. Dom Quixote recebeu um novo golpe que amassou seu elmo e arrancou um pedaço de sua orelha! Mesmo assim, firmou-se nos estribos. Furou a almofada com que o outro se protegia e acertou sua cabeça. O adversário, ferido, agarrou o pescoço da mula para não cair. Assustado, o animal disparou. E jogou o homem no chão. Dom Quixote correu até ele.

— Renda-se! Ou corto seu pescoço!

O pobre homem nem conseguia falar. A dama da carruagem gritou:

— Por tudo que é mais sagrado, peço que o perdoe!

Nosso herói impôs uma condição:

— Só se ele prometer ir até minha Dulcineia del Toboso. E se colocar à sua disposição para o que ela ordenar.

Sem nem mesmo perguntar quem era a tal Dulcineia, a dama prometeu que assim seria feito. Dom Quixote concedeu o perdão. E partiu, de cabeça erguida, certo de que mais uma vez havia vencido poderosos inimigos.

5
A SURRA

Onde se trata da nova saída de Dom Quixote e Sancho Pança, do encontro com os tropeiros e da surra que ambos levaram.

Ao presenciar a vitória de Dom Quixote, Sancho teve certeza de que sua ilha era coisa certa. Aproveitou para lembrar o fidalgo:

— Com certeza o senhor acaba de ganhar uma ilha, nessa batalha gloriosa. Não se esqueça de que me prometeu o cargo de governador!

— Ah, meu amigo Sancho. Foi uma simples aventura, daquelas em que não se ganham ilhas, mas apenas a cabeça partida ou uma orelha de menos. Seja paciente. Não faltarão aventuras nas quais, no final, eu o farei governador. Ou até mais que isso!

Sancho agradeceu muito. Beijou a mão do fidalgo e o ajudou a subir no cavalo. Rocinante disparou. O burro de Sancho o seguiu com dificuldade. Quando se encontraram, o escudeiro notou que a orelha de Dom Quixote sangrava.

— O senhor foi ferido. Trago unguento em meus alforjes. Sempre pode remediar.

O fidalgo suspirou.

— Isso não seria necessário se eu tivesse trazido o bálsamo de Ferrabrás. Se algum dia, em combate, me partirem em dois, basta juntar as duas partes e me fazer beber o bálsamo. Com dois tragos, terei mais saúde que um cachorro!

Sancho admirou-se.

— Se é verdade, desisto da minha ilha. Em paga dos meus serviços, só quero a receita dessa bebida milagrosa. Posso vendê-la, bem vendida, e passar o resto da vida bem confortável!

— Mais tarde pretendo ensinar-lhe segredos ainda maiores! — retrucou o cavaleiro. — Mas agora passe o unguento na minha orelha, que está doendo!

Quando Dom Quixote tirou o elmo para aplicar o remédio, verificou o estrago que fora feito.

— Fui ultrajado! Ainda vou me vingar! — garantiu.

Em seguida, disse que estava com fome. Sancho verificou as provisões.

— Temos apenas uma cebola, um pedaço de queijo e algumas fatias de pão! Não é comida digna de um cavaleiro como o senhor.

— Está enganado! Um cavaleiro andante passa até um mês sem comer. Sobrevive com o perfume das flores. Mas também come, sim, alimentos rústicos, como esses.

— Sim, senhor. De agora em diante, vou encher os alforjes com frutas secas, para o senhor. Para mim, que não sou cavaleiro, guardarei coisas mais gostosas.

— Também sou capaz de comer apenas ervas do campo — garantiu Dom Quixote.

Sancho sussurrou, falando consigo mesmo, para o amo não ouvir:

— Do jeito que andam as coisas, mais dia, menos dia, é o que vamos ter que comer!

Comeram juntos. Terminada a pobre refeição, montaram o cavalo e o burro e continuaram pela estrada. Pararam próximos a uma cabana, onde viviam guardadores de cabras. Foram bem recebidos. Sancho acomodou o cavalo e o burro. Em seguida, farejou o aroma que saía de um caldeirão, onde se cozinhavam bons pedaços de carne de cabra. Foi até lá. Esperou com a barriga dando saltos. Finalmente, os guardadores de cabras estenderam pedaços de couro no chão, montaram uma mesa rústica e convidaram o fidalgo e o escudeiro para comerem juntamente com eles. Dom Quixote sentou-se sobre uma tigela virada com a boca para baixo, sentindo-se muito bem recebido.

— Veja, Sancho, quantas honras recebe um cavaleiro!

— Sim, senhor! Mas, para mim, o que vale é comer bem à vontade. Prefiro pão e cebola sem cerimônia a me sentar à mesa de um imperador. Imagine, ter que mastigar devagar, beber pouco, não espirrar nem tossir! Gosto de encher a pança!

Dom Quixote convidou Sancho a sentar-se ao seu lado. Enquanto conversavam, os cabreiros devoravam a comida. Depois da carne, serviram queijo. O fidalgo falou longamente sobre a gloriosa vida dos cavaleiros andantes. Mas usou tantas palavras e expressões complicadas que ninguém entendeu o que dizia. Um dos homens, percebendo que Dom Quixote estava com a orelha machucada, foi buscar um ramo de alecrim. Mastigou bem mastigado, misturou com sal e colocou sobre o ferimento. Garantiu que não seria necessário mais nenhum curativo. E de fato, foi o que aconteceu!

Na manhã seguinte, Dom Quixote e Sancho Pança agradeceram a acolhida e partiram cedinho.

Pararam nas margens de um regato.

Logo aproximou-se um grupo de tropeiros, conduzindo várias éguas. Também pararam e soltaram as éguas para pastar. Rocinante trotou até elas, com ar apaixonado. Mais interessadas em pastar, as éguas receberam o cavalo com coices e dentadas. Os tropeiros trataram de espantá-lo.

O fidalgo indignou-se. Ergueu a espada. E avisou Sancho.

— Não são cavaleiros! Portanto, está autorizado a me ajudar a combatê-los!

— O quê? Eles são mais de vinte, e nós, só dois. Melhor dizendo, não passamos de um e meio!

— Eu valho por cem! — respondeu Dom Quixote.

Atirou-se sobre os tropeiros. Influenciado pelo exemplo do amo, Sancho fez o mesmo. Vendo-se atacados, os tropeiros pegaram seus cajados. Fizeram uma roda e deram uma surra nos dois.

Sancho caiu primeiro, Dom Quixote, logo em seguida. Preocupados com as consequências, os homens partiram depressa. O fidalgo da Mancha e o escudeiro ficaram caídos, fora de si. O primeiro a acordar foi Sancho Pança. Ao constatar que o amo ainda estava desmaiado, chamou, com voz fraca:

— Senhor Dom Quixote! Ai, senhor Dom Quixote!

Dom Quixote acordou.

— Que foi, amigo Sancho?

— Queria que o senhor me desse um gole daquela bebida milagrosa, para consertar meus ossos quebrados!

— Pobre de mim! Não tenho nem uma gota. Mas prometo que a terei em dois dias.

— E em quantos dias voltaremos a andar? — lamentou-se Sancho.

— Não sei dizer. A culpa foi minha, pois desrespeitei as regras da cavalaria. Aqueles homens não eram cavaleiros como eu! Não mereciam meus golpes! Da próxima vez, quando formos ofendidos por canalhas desse tipo, é você quem deve castigá-los sozinho, Sancho.

Nem um pouco entusiasmado, o gorducho replicou:

— Senhor, eu sou homem pacífico, manso e sossegado. Tenho mulher e filhos para criar! Por mais injúrias que me façam, lutar eu não luto, não!

Ouvindo aquilo, Dom Quixote respondeu:

— Sancho, não pretende governar uma ilha? Precisará se defender dos inimigos, que vão querer derrubá-lo do poder!

— Ai, senhor, hoje eu prefiro um bom emplastro a um conselho!

— Não seja fraco, Sancho! — aconselhou Dom Quixote.

Em seguida, lembrou.

— É preciso tratar de Rocinante, que também apanhou bastante! Como escudeiro, é sua obrigação tratar de meu cavalo, Sancho.

Soltando trinta ais, sessenta suspiros e cento e vinte reclamações, Sancho se levantou demoradamente. Caminhou curvado até seu burro. Colocou a sela e os alforjes, que havia tirado enquanto descansavam. Levantou Rocinante que havia caído quando foi espantado. E para dizer a verdade, se soubesse falar, Rocinante teria se queixado muito mais do que o fidalgo e o escudeiro juntos. Finalmente, Sancho ergueu Dom Quixote e o deitou sobre o cavalo. Subiu no burro e partiu puxando Rocinante pelo cabresto. E assim foi pela estrada.

Por sorte, logo encontrou uma hospedaria no caminho.

— Um castelo! — gritou Dom Quixote.

— Não, senhor, é uma estalagem — quis explicar Sancho.

Dom Quixote teimou:

— É um castelo!

Discutiram até a porta da hospedaria, onde Sancho pediu abrigo.

6
LUTA NO ESCURO

Do que aconteceu a Dom Quixote
na estalagem onde foi tratado
de seus ferimentos e, mais uma vez,
confuso, trava uma luta no escuro.

O dono da hospedaria assustou-se ao ver Dom Quixote dobrado sobre a sela do cavalo. Sancho explicou:

— Meu amo caiu de um penhasco e partiu as costelas.

A mulher do proprietário acudiu. Tinha uma alma caridosa. Ajudada por sua filha, quis logo tratar do hóspede. Havia lá uma criada chamada Maritornes. Nascida nas Astúrias, tinha o rosto largo, o pescoço curto, o nariz rombudo e um olho torto. Era gentil. Ajudou a filha do proprietário a montar uma cama no sótão, onde antes havia um palheiro. Lá também se hospedava um tropeiro, cuja cama ficava próxima à de Dom Quixote. E foi isso, como veremos mais tarde, que causou toda a confusão.

Deitaram o fidalgo na pobre cama, feita com quatro tábuas cobertas por um colchão bem fino e por um lençol esburacado. Enquanto Maritornes erguia uma lamparina para iluminar o local, mãe e filha aplicaram curativos no corpo do fidalgo.

— Parecem marcas de pancadas! — assustou-se a mulher.

— É que o rochedo era pontiagudo! — explicou Sancho. — Aliás, se sobrarem alguns pedaços de estopa, poderei aproveitá-los. Meu lombo também está doendo.

— Também caiu?

— Não. Mas fiquei tão assustado com a queda do meu amo que é como se tivesse caído! Tenho quase tantos ferimentos quanto ele!

— Como se chama seu amo? — perguntou Maritornes.

— Trata-se do grande Dom Quixote de la Mancha, o mais valoroso dos cavaleiros andantes!

— O que é um cavaleiro andante? — espantou-se a empregada.

— Não sabe? — admirou-se Sancho. — Um cavaleiro andante é um homem que hoje fica desancado com uma surra, mas amanhã pode se tornar imperador. Pode ser a mais pobre criatura deste mundo. Mas no futuro terá duas ou três coroas para oferecer a seu escudeiro e torná-lo rei.

A dona da venda não queria acreditar. Perguntou:

— Mas como você ainda não possui pelo menos as terras e o título de conde, se trabalha para tão grande senhor?

— Ainda é cedo — explicou Sancho. — Só faz um mês que saímos em busca de aventuras. Quando meu amo sarar, caso não fique estropiado, todas as minhas esperanças serão realizadas!

Enquanto conversavam, Dom Quixote ouvia atentamente. Sentou-se na cama com dificuldade. Pegou na mão da mulher e prometeu:

— Formosa senhora, não sabe a sorte que teve ao me abrigar em seu castelo. Não vou fazer elogios a mim mesmo, porque não se deve louvar a si próprio. Meu fiel escudeiro já disse quem sou. Lembrarei para sempre a maneira como me recebeu. Saberei agradecer enquanto estiver vivo!

Nem a senhora, a filha ou a criada entenderam o modo de falar do fidalgo, que acharam muito difícil. Mesmo assim, agradeceram e saíram. Sancho deitou-se em uma esteira e logo adormeceu.

Ocorre que Maritornes estava de namoro com o tropeiro. Haviam combinado de se encontrar à noite. Enquanto Dom Quixote e Sancho dormiam, Maritornes voltou para o sótão. Movia-se cuidadosamente, para não fazer barulho. Mesmo assim, o fidalgo acordou. Estendeu os braços. Agarrou-a com uma mão e a puxou para sua cama. Imaginou tratar-se de uma princesa em busca de ajuda.

— Ó formosa senhora! Quanta honra! — disse ele.

Aflita, Maritornes tentava livrar-se. O tropeiro levantou-se. Ao ver a cena, ficou louco de ciúmes. Piorou ao ouvir os elogios de Dom Quixote. Furioso, deu um murro em seu queixo. Depois pulou sobre suas costelas. A cama, que era fraca, arrebentou. O barulho acordou o dono da hospedaria, que acendeu uma lamparina e foi verificar o que acontecia. Maritornes, com medo do patrão, escondeu-se embaixo das cobertas de Sancho. Este ainda dormia pesadamente. Mas, ao sentir alguém a seu lado, acordou assustado. E começou a dar murros na criada. Maritornes retribuiu com mais socos. Brigaram no escuro, dando pancadas um no outro.

Quando o proprietário entrou com a lamparina, o tropeiro viu a briga. Correu acudir a moça. Pensando que tudo era culpa dela, o estalajadeiro resolveu castigá-la e atacou.

Foi uma confusão. O tropeiro batia em Sancho. Sancho, na moça. A moça, em Sancho. O dono da hospedaria, na moça. Pior foi quando a lamparina se apagou e todos continuaram a brigar no escuro, acertando uns nos outros, sem saber em quem batiam.

Na estalagem hospedava-se um homem que pertencia à Ordem da Santa Irmandade, que na época zelava pela lei e pela justiça. Também acordou com o barulho. Correu para acudir. Entrou no sótão, ordenando:

— Parem! Parem em nome da lei!

Deu de encontro com Dom Quixote, desmaiado. Supôs que estivesse morto. Agarrou a barba do fidalgo. Gritou:

— Fechem a porta. Mataram um homem. Vamos pegar os assassinos!

Assustados, todos pararam de brigar. Resolveram se esconder. O estalajadeiro fugiu para seu quarto, o tropeiro deitou na cama, a criada voou para o interior da hospedaria. Só Dom Quixote e Sancho Pança permaneceram caídos no chão. O responsável pelo alarme saiu em busca de luz para procurar pelos culpados. Não encontrou nem sequer uma lamparina. Espertamente, o proprietário do local havia apagado todas que havia. Enquanto o homem tentava acender uma lamparina, Dom Quixote acordou.

— Sancho, amigo! Ainda dorme?

— Dormir, eu? Como, senhor, como? Parece que todos os diabos resolveram me surrar esta noite!

— Pode acreditar que sim! — respondeu Dom Quixote. — Estamos em um castelo encantado.

— Ai de mim, levei uma boa sova! — lamentou-se Sancho.

— Foi o gênio encantado que habita este castelo. Tem uma princesa sob seu domínio — explicou Dom Quixote. — Não se preocupe, logo farei o bálsamo precioso. Sararemos em um piscar de olhos!

Nesse instante, o homem entrou com a lamparina acesa, para ver se havia mesmo um defunto. Ao vê-lo em trajes de dormir, lamparina na mão e cara fechada, Sancho disse para o fidalgo:

— Será este o gênio encantado? Veio outra vez desancar-nos?

— Não deve ser, porque os encantados não se deixam ver por ninguém — explicou Dom Quixote.

Ao encontrá-los conversando, o homem aproximou-se, surpreso:

— Está bem? — perguntou ao fidalgo.

— Seja mais educado! — respondeu Dom Quixote. — É assim que se fala com um cavaleiro andante?

O outro perdeu a paciência. Exclamou:

— Quanta ingratidão!

Com raiva, atirou a lamparina em direção à cabeça de Dom Quixote. Esta bateu no cocoruto do fidalgo, caiu no chão e apagou-se. O homem saiu. O cômodo ficou novamente às escuras.

— Sem dúvida, era o gênio maléfico — comentou Sancho.

— É verdade. Não há motivo para termos raiva. Não é possível vingar-se de criaturas invisíveis e fantásticas.

Em seguida, Dom Quixote ordenou:

— Levante-se, Sancho. Chame o responsável por esta fortaleza. Peça para me trazerem azeite, vinho, sal e alecrim. Vou fazer o bálsamo que tudo cura. Está se fazendo muito necessário, porque o fantasma me machucou.

Com os ossos doendo, Sancho levantou-se. Saiu do sótão. Do outro lado da porta estava justamente o homem que havia tentado salvá-los. Tentava ouvir a conversa para entender o que acontecia. Sancho pediu tudo que o fidalgo ordenara.

— É para curar um valoroso cavaleiro andante que acaba de ser ferido por um gênio encantado.

O outro concluiu que ali ninguém tinha juízo. Chamou o dono da estalagem e transmitiu o pedido.

Amanhecia. O estalajadeiro arrumou tudo o que Sancho pediu. Com todos os ingredientes da fórmula mágica nas mãos, Sancho levou-os para Dom Quixote, que estava de mãos na cabeça, queixando-se da pancada da lamparina. Não fora realmente ferido. Tinha apenas dois galos imensos no alto da cabeça.

Dom Quixote cozinhou os ingredientes. Rezou mais de oitenta padres-nossos, e outras tantas salve-rainhas, ave-marias e credos sobre a poção. Guardou-a em uma lata de azeite que o estalajadeiro trouxera. Em seguida, bebeu o que sobrou na panela. Não demorou muito, passou mal do estômago. Suou muito. Finalmente, adormeceu durante mais de três horas. Quando despertou, sentia-se muito bem. Teve certeza de ter encontrado a verdadeira receita do bálsamo de Ferrabrás. Exclamou:

— De agora em diante, posso lutar em qualquer batalha, sem medo! Pois o bálsamo me curará de todos os ferimentos!

Sancho também quis tomar o remédio. Dom Quixote permitiu. Mas seu estômago reagiu de maneira bem pior. Sentiu muito enjoo. Suou. Pensou que fosse morrer. Dom Quixote explicou:

— É porque você não é cavaleiro. Esse remédio só ajuda a quem pertence à nobre ordem dos cavaleiros andantes!

Sancho lamentou-se:

— Se o senhor sabia disso, por que me deixou provar?

Passou duas horas atormentado. Ao final, sentia-se moído. Mal conseguia ficar em pé. Dom Quixote, porém, já pretendia partir em busca de novas aventuras. Ajudou Sancho a se vestir. Todas as pessoas que estavam na estalagem assistiam espantadas aos preparativos. Finalmente, o fidalgo chamou o dono do local.

— Sou muito grato por ter me recebido em seu castelo! Se puder pagar, vingando alguma afronta que o senhor tenha recebido, diga-me!

O homem respondeu:

— Não preciso que o senhor me vingue de nenhum agravo. Só quero que me pague o que gastou. Tanto a palha e a cevada que o cavalo e o burro comeram, como também as refeições e as camas que usaram.

— O quê? Então aqui é uma hospedaria? — admirou-se Dom Quixote.

— Sim, com muita honra!

— Pois julgava ser um castelo! Aviso que o senhor deve dispensar o pagamento. Um nobre cavaleiro andante como eu jamais paga pousada, nem comida! A boa acolhida é um dever para conosco, que vivemos para lutar contra as injustiças!

— Isso não me interessa. Só quero receber o que é meu.

— Velhaco! — retrucou Dom Quixote.

Esporeou Rocinante e partiu. O proprietário agarrou Sancho Pança. Exigiu o pagamento. O gorducho lamentava-se:

— Se meu amo diz que não paga, não sou eu quem vai pagar!

Alguns homens que acompanhavam a discussão pegaram Sancho. E resolveram brincar. Enrolaram o escudeiro em uma manta e o levaram ao pátio. Lá esticaram a manta. E começaram a atirá-lo para o alto. Sancho uivava. Voava para cima. Caía sobre a manta. Era atirado de novo! Dom Quixote ouviu de longe. Voltou. Mas a porta do estabelecimento estava fechada. Do outro lado do muro, Dom Quixote via Sancho voar para cima, mas não podia fazer nada! Tentou subir no muro com Rocinante. Impossível. Esbravejou. De nada adiantou. Só soltaram Sancho quando se cansaram.

Compadecida, a criada Maritornes trouxe água fresca para Sancho. Em seguida, este partiu montado em seu burro. Estava contente por não ter nenhum novo ferimento, além de dor no lombo. Mas o estalajadeiro fez questão de ficar com os alforjes, como compensação pela falta de pagamento.

7
O CAVALEIRO DA TRISTE FIGURA

Onde prosseguem as aventuras de Dom Quixote e ele se consagra como Cavaleiro da Triste Figura.

Quando encontrou Dom Quixote, Sancho estava bem murcho. O fidalgo explicou:

— Bom Sancho, agora temos a prova de que estávamos em um castelo encantado, pois foram os fantasmas que se divertiram com você! Só por isso não consegui salvá-lo!

— Eram homens de carne e osso, isso sim! Meu senhor, desde que entramos nessa vida de aventuras, só nos metemos em brigas! Segundo meu fraco entender, o melhor seria voltarmos para casa!

— Sancho, e a glória? Há maior satisfação do que triunfar sobre o inimigo?

— Só temos levado bordoadas, senhor!

Nesse instante, Dom Quixote viu uma nuvem de poeira ao longe, no caminho. Entusiasmou-se:

— Veja, Sancho, quanta poeira! Com certeza é um exército marchando! Hoje será o dia em que hei de mostrar a força do meu braço.

— Então são dois exércitos, senhor. Do outro lado da estrada também sobe poeira!

Imediatamente, o fidalgo concluiu que eram dois exércitos prontos a lutar um contra o outro. Tratava-se, na verdade, de dois grandes rebanhos de ovelhas e carneiros. Tanto teimou Dom Quixote, que Sancho acabou por acreditar serem mesmo dois exércitos.

— À nossa frente vem o grande imperador Alifanfarrão. Atrás, vem seu inimigo, el-rei Pentapolim, que sempre entra nas batalhas com o braço direito nu. Estão em luta porque Alifanfarrão está enamorado da filha de Pentapolim, que é muito formosa. E, além do mais, cristã. Como Alifanfarrão é maometano, o pai só consente no casamento se ele se converter ao cristianismo.

— O pai está certo. Faço questão de ajudá-lo! — garantiu Sancho.

Soltaram o burro de Sancho, para lutarem mais à vontade. Dominado pela imaginação, Dom Quixote descrevia os exércitos. Falava de cavaleiros, das armas, dos escudos. Um tinha armas de ouro, outro, um escudo enfeitado com coroas de prata. Sancho tentava enxergar. Mas não viu exército algum.

— Senhor, não vejo homem, gigante ou cavaleiro, como descreve!

— Não ouve o relinchar dos cavalos? O toque dos clarins? Os tambores?

— Só ouço o balido de ovelhas e carneiros! Mais nada!

Os rebanhos se aproximavam.

— Está cego por causa do medo! — rebateu Dom Quixote. — Quanta covardia! Saia daqui! Lutarei sozinho!

Cravou as esporas em Rocinante. De lança em riste, arremeteu. Sancho gritava:

— Volte, senhor Dom Quixote! Vai atacar ovelhas e carneiros! Volte!

Dom Quixote entrou no meio dos rebanhos. Atacou as ovelhas. Os pastores gritaram. Como o cavaleiro continuou o ataque, pegaram suas fundas. Dispararam pedras em suas orelhas. O herói gritava:

— Onde está, Alifanfarrão? Covarde! Venha sentir a força do meu braço!

Um dos pastores acertou-lhe uma pedrada nas costelas. Outro, no queixo. Dom Quixote caiu do cavalo. Assustados, os pastores fugiram com os rebanhos, levando as ovelhas feridas. Sancho gritava e puxava a barba, desesperado com as loucuras de seu senhor. Finalmente, foi socorrê-lo.

— Não avisei que eram ovelhas e carneiros, meu senhor?

Dom Quixote retrucou:

— Foi um feiticeiro que transformou os soldados em carneiros, para me tirar a glória de vencer esta batalha! Agora diga. Quantos dentes me faltam?

De fato, perdera vários dentes. Inclusive o do siso, pelo qual tinha especial estima. Sancho procurou os alforjes, em busca de algo para socorrer o fidalgo. Só então lembrou que ficaram na hospedaria.

— Bem arranjados estamos! Nem temos o que comer.

— Neste caso, hoje não comeremos!

Sancho montou o burro, Dom Quixote o cavalo. Procuravam um local para descansar. A noite caiu. Continuaram pelo caminho, famintos. Subitamente, surpreenderam-se com uma grande quantidade de luzes vindo em sua direção. De longe, pareciam estrelas dançando na terra.

— Só podem ser fantasmas! — disse Dom Quixote.

— Ai de mim! Mais luta! Lá se vão minhas costelas!

— Acalme-se. Estamos em campo aberto. Eu o defenderei!

As luzes se aproximaram. Eram vinte homens a cavalo, portando tochas. Logo atrás, vinha uma liteira coberta de tecidos pretos, para indicar luto. Era seguida por outros seis homens, com longas túnicas negras, montados em mulas. Sancho apavorou-se. Para Dom Quixote, era a chance de viver uma nova aventura! Ergueu a lança e se colocou no meio da estrada.

— Parem! Digam quem são, de onde vêm e para onde vão.

— Estamos com pressa. Não temos tempo para conversa! — gritou um dos homens.

Esporeou a mula. Dom Quixote a segurou pelas rédeas.

— Seja mais cortês e responda-me. Ou terá de batalhar comigo!

A mula sobressaltou-se. Derrubou o dono. Um rapaz que vinha a pé xingou Dom Quixote. De lança em riste o fidalgo atacou um dos enlutados. Rocinante pareceu criar asas. Galopava de um lado para o outro. Os homens do cortejo nem mesmo estavam armados. Correram com as tochas acesas. Os que estavam vestidos com as tais túnicas negras atrapalharam-se com as vestimentas e não conseguiam correr. Certo de combater o próprio demônio e seus sequazes, Dom Quixote golpeava todos. Sancho assistia, admirado.

— Meu senhor é mesmo valente! — exclamava.

Dom Quixote aproximou-se do primeiro que derrubara. Permanecia caído no chão, com a tocha ainda acesa bem próxima e a perna embaixo da mula.

— Renda-se! — ordenou.

— Estou mais que rendido. Quebrei a perna! Não me mate, pois seria um sacrilégio. Sou um sacerdote!

Admirou-se o fidalgo.

— Sacerdote? O que faz no cortejo do demônio?

— Que demônio, senhor? Eu e os outros sacerdotes acompanhamos o corpo que está na liteira. Está sendo levado à cidade onde nasceu, para lá ser sepultado.

— Quem o matou? — quis saber o fidalgo.

— Foi a vontade de Deus. Teve uma febre maligna!

— Bem, se foi Deus, é preciso conformar-se. Sou Dom Quixote de la Mancha. Minha missão é andar pelo mundo endireitando os tortos.

— Senhor, eu estava bem direito. Foi o senhor que me entortou! Suplico ao senhor! Ajude-me a sair daqui! Minha perna está presa na mula!

Dom Quixote chamou Sancho para ajudar. Mas o escudeiro estava ocupado em esvaziar um alforje cheio de comida que os padres traziam. Botou tudo que pôde em um saco que amarrou na sela do burro. Só depois resolveu ajudar. Em dois, Dom Quixote e o escudeiro tiraram o sacerdote da má posição em que se encontrava. Ergueram a mula e o colocaram em cima dela.

— Vá juntar-se a seus companheiros — ordenou o fidalgo.

Sancho emendou:

— Se perguntarem o nome deste valoroso herói, diga que foi o senhor Dom Quixote de la Mancha. Também chamado de "O Cavaleiro da Triste Figura".

O sacerdote partiu. Dom Quixote quis saber de onde Sancho tinha tirado o título "Cavaleiro da Triste Figura".

— Quando estava lutando, iluminado pelas tochas, o senhor tinha tão má figura! Acho que é a falta de dentes!

— Foi uma grande inspiração! — admirou-se Dom Quixote. — Os grandes heróis sempre foram homenageados com apelidos. De agora em diante, serei o Cavaleiro da Triste Figura. Mandarei pintar uma figura triste em meu escudo, para que me reconheçam.

— Não é preciso, senhor! Basta aparecer com essa cara de fome. Sua figura já é bem triste do jeito que é.

Dom Quixote riu. Sancho lembrou:

— Senhor, ainda não achamos um local para passar a noite.

Continuaram pelo caminho. Logo encontraram uma clareira. Sancho pegou o saco de comida preso no burro. Almoçaram, jantaram, cearam, tudo de uma vez, até ficarem de barriga cheia!

— Que sede! — disse Dom Quixote.

— Deve haver água por aqui. O chão está coberto de erva viçosa! — garantiu Sancho.

Saíram no escuro com o cavalo e o burro. Estava escuro, era uma noite sem luar. Mal haviam andado duzentos passos, ouviram o som das águas de uma cascata. Junto ao barulho da água, porém, ouvia-se o retinir de ferros e correntes. Outro qualquer teria medo. Dom Quixote, jamais! Montou Rocinante.

— Ao combate!

Sancho argumentou, desesperado:

— É noite escura, seja o que for, ninguém nos viu! Vamos nos desviar do perigo!

— Ninguém nunca dirá que Dom Quixote teve medo!

O barulho das correntes e ferros continuava. Mas Sancho não queria lutas. Disfarçadamente, amarrou as pernas de Rocinante. Quando Dom Quixote quis partir, foi impossível. O cavalo só se movia aos saltos. Sancho abraçou a perna do fidalgo.

— Meu senhor, desista. Nem o cavalo consegue ir!

— Está enfeitiçado!

Ficaram conversando. O som pavoroso durou a noite inteira. Ao amanhecer, Sancho desfez o laço que prendia Rocinante sem que o fidalgo percebesse. O cavalo se mexeu, inquieto. Dom Quixote montou novamente. E esporeou o animal.

— Adeus, Sancho! Se eu não voltar, vá até minha amada Dulcineia e diga-lhe que morri lutando em sua homenagem. Eu vou! Nasci para ressuscitar a idade do ouro! Para os grandes feitos!

Sancho o seguiu a pé, cautelosamente. Ao virar a quina de uma rocha, Dom Quixote atinou com a causa do barulho. Eram seis rústicas máquinas de bater tecido, em forma de pilão, movidas pela água. O herói emudeceu. Sancho estufou as bochechas para conter as gargalhadas. Ao vê-lo, o fidalgo não resistiu. Também começou a rir. Sancho, às gargalhadas, fez piada de tudo que Dom Quixote dissera, heroicamente, durante a noite. Levou duas bordoadas.

— Cale-se! E se fossem seis gigantes? Nos livros de cavalaria, nunca soube de um escudeiro tão ousado! E que, além do mais, fala pelos cotovelos! De agora em diante, trate-me com mais respeito!

— Sim, senhor, ficarei de boca fechada!

8
O ELMO ENCANTADO

De como Dom Quixote se apodera do elmo encantado.

Voltaram à estrada. Dali a pouco, começou a chover. Senhor e escudeiro continuaram o caminho em busca de abrigo. À sua frente surgiu um homem a cavalo. Na cabeça trazia um objeto brilhante como ouro. Dom Quixote virou-se para Sancho.

— Veja aquele homem! Traz o elmo de Mambrino na cabeça!

— Que elmo, senhor?

— É um elmo encantado, resgatado de um mouro poderoso por um herói de antigamente — explicou Dom Quixote.

— É uma lástima que eu esteja proibido de dar palpite, senhor! Caso contrário, poderia provar que está enganado.

— Que palavras traiçoeiras! Não vê aquele cavaleiro, com um elmo de ouro na cabeça?

— Só vejo um homem montado em um asno, com algo que reluz na cabeça.

— Trata-se do elmo encantado! Afaste-se! Vou me apossar do elmo, que tanto desejo!

Sancho saiu de perto, suspirando. Já percebera que não adiantava teimar com o fidalgo. O caso é que o suposto elmo encantado não passava de uma bacia de barbeiro, e de latão! Na época, um barbeiro, além de cortar barba e cabelo, também prestava serviços médicos. Fazia, principalmente, sangrias. Tratamento que consistia em tirar sangue do doente, para ver se vinha a cura. A bacia era usada tanto para cuidar dos cabelos quanto para tratar dos doentes. Devido à chuva, o barbeiro colocara a bacia na cabeça para não estragar o chapéu. Na imaginação de Dom Quixote, o asno, montado pelo barbeiro, transformara-se em cavalo valoroso. A bacia, em elmo encantado. O próprio barbeiro, em um inimigo feroz!

Assim, quando o pobre barbeiro aproximou-se, Dom Quixote o atacou de lança em punho.

— Defenda-se! Ou me entregue o elmo encantado!

Ao se deparar com tal figura, o barbeiro sobressaltou-se e caiu do asno. Levantou-se e correu tão depressa que nem um furacão o alcançaria! A bacia voou de sua cabeça. Dom Quixote ordenou:

— Traga-me o elmo encantado, Sancho!

O escudeiro pegou a bacia. Avaliou:

— É uma boa bacia! Deve custar um bom dinheiro!

Entregou-a a Dom Quixote. Este colocou-a na cabeça, orgulhosamente. Tentou encaixar no crânio. Impossível. Mas para tudo o fidalgo encontrava explicação. E concluiu:

— Sem dúvida, este elmo pertenceu a um gigante com uma enorme cabeça. Mas o pior é que só tem a metade de cima. Falta a de baixo.

Ao ouvir o fidalgo teimar que a bacia era um elmo, Sancho riu.

— Do que está rindo, Sancho? — esbravejou Dom Quixote.

Com medo de sua fúria, o escudeiro respondeu:

— Estou pensando que a cabeça do dono desse elmo era mesmo muito grande. Tão grande que ele até parece uma bacia de barbeiro!

— Talvez o elmo tenha caído nas mãos de alguém que não o reconheceu, Sancho. Como é de ouro puríssimo, certamente fundiu a metade. Mas eu vou consertá-lo assim que encontrar um ferreiro. Até lá, vou usá-lo como puder. Sempre será útil para me defender de alguma pedrada.

E partiu com a bacia na cabeça.

Doze homens acorrentados vinham pela estrada. Eram vigiados por dois guardas a cavalo, armados com arcabuzes, e outros dois a pé, com dardos e espadas. Também eram acompanhados por um oficial de justiça. Tratava-se de um grupo de prisioneiros condenados a trabalhos forçados nas galés. Na época, essa pena era muito comum. As galés eram navios movidos a remo, em movimento contínuo. O trabalho era executado por dezenas de prisioneiros acorrentados.

Sancho comentou:

— São criminosos condenados. Por certo, serão obrigados a remar nas galés.

Dom Quixote admirou-se:

— Quer dizer que vão à força, e não por sua vontade?

— Sim, senhor.

— Pois chegou o momento de cumprir minha missão de cavaleiro andante! Vou socorrer e auxiliar os miseráveis.

— Senhor, eles são condenados pelo rei! Pelos seus delitos.

O fidalgo nem quis ouvir. Quando o grupo se aproximou, exigiu que os soldados explicassem o motivo da prisão.

— Foram condenados por Sua Majestade. Não há o que explicar, nem o que perguntar. A decisão do rei é soberana — respondeu o oficial de justiça.

— Insisto em saber a causa da desgraça de cada um!

— Pergunte a eles, se quiser — disse o oficial, dando de ombros.

Dom Quixote aproximou-se. O primeiro homem contou:

— Fui condenado porque me enamorei!

— Acaso é crime apaixonar-se?

— O problema é que me apaixonei por uma mala cheia de roupas finas. Abracei-a tão fortemente, que não queria largá-la por nada. Fui pego em flagrante!

Em seguida, um dos guardas apontou para o segundo homem:

— Este está preso porque cantou.

— Que mal há em cantar?

— Cantou seus crimes — explicou um dos guardas. — É ladrão de cavalos!

— Estou preso porque me faltaram dez moedas — disse o outro.

— Então, posso dar-lhe vinte, para libertar o homem — ofereceu Dom Quixote.

— Agora é tarde. As moedas eram para azeitar as mãos do escrivão e do procurador a fim de evitar minha sentença!

Cada um foi falando de seus crimes. Um devia dinheiro e não pagava. Outro fazia feitiços. Havia um com mais correntes. Praticara mais crimes do que todos.

— Meu nome é Ginez de Pasamonte. A minha vida inteira está relatada em um livro, que eu próprio escrevi.

— Já acabou o livro? — admirou-se o fidalgo.

— Como posso ter acabado, se minha vida ainda não terminou? Continuo escrevendo, enquanto cumpro minha sentença, que não é curta!

— Toca a andar, já conversamos demais! — avisou o comissário.

Dom Quixote decidiu:

— Senhores guardas e senhor oficial de Justiça, soltem os prisioneiros. Deus é quem deve castigar os maus e premiar os bons. Cumpram o meu pedido por bem. Ou sentirão a força do meu braço!

O oficial respondeu, admirado:

— Que brincadeira é essa? É melhor ir embora, senhor. Endireite essa bacia que leva na cabeça e siga seu caminho!

— Velhaco! Patife! — gritou Dom Quixote.

Arremeteu tão de surpresa, que o derrubou do cavalo. Os guardas ergueram as espadas. Os prisioneiros aproveitaram a confusão e atacaram. Sancho ajudou o ladrão escritor a soltar-se. Este agarrou o arcabuz do comissário. Ameaçou os guardas, que fugiram correndo embaixo das pedradas dos prisioneiros.

— Vão dar o alarme. É melhor fugirmos! — implorou Sancho.

— Eu é que sei o que convém fazer agora! — afirmou Dom Quixote.

Aproximou-se dos delinquentes, que haviam arrancado a roupa do oficial até deixá-lo pelado. Todos se libertaram das correntes e algemas.

— É próprio de gente bem-nascida agradecer o benefício que recebe — afirmou Dom Quixote. — Em paga por tudo o que fiz, só faço uma exigência. Vão até a nobre Dulcineia del Toboso e digam que foram libertados pelo Cavaleiro da Triste Figura, que a manda saudar.

O ladrão Ginez de Pasamonte respondeu em nome de todos:

— O que pede é impossível. Não podemos sair pelas estradas e vilarejos! Temos que nos esconder, isso sim!

Furioso, o fidalgo retrucou:

— Pois ordeno que vão agora, com o rabo entre as pernas!

O ladrão já estava certo de que Dom Quixote não tinha o juízo perfeito. Senão, por que soltaria um bando de malfeitores? Irritado com as palavras e a atitude do fidalgo, fez um sinal aos companheiros. E todos atacaram Dom Quixote a pedradas. O fidalgo tentou se proteger com o escudo. Mas caiu do cavalo. Um dos fora da lei pegou a bacia de sua cabeça. Deu-lhe umas boas baciadas. Roubaram algumas de suas roupas. A Sancho, deixaram apenas de ceroulas. Em seguida, fugiram.

Ficaram só o burro, Rocinante, Sancho e Dom Quixote. O burro, cabisbaixo, sacudia as orelhas. Rocinante ficou estendido diante do amo. Sancho, sem roupa e apavorado. Dom Quixote, irritadíssimo por ter tido semelhante paga.

— Bem se vê, amigo Sancho. Fazer o bem a vilões é jogar água no mar!

9
O LOUCO DA MONTANHA

Onde se conta o encontro de Dom Quixote com o "louco da montanha" e se ouve uma longa história de amor e desventuras.

Dom Quixote só conseguiu montar Rocinante com muita dificuldade. Sancho subiu no burro. Partiram em direção a Serra Morena, que era perto dali. Apavorado, Sancho ia na frente. Queria encontrar um esconderijo. Temia que fossem procurados pela lei, por libertarem os prisioneiros de sua majestade. Só tinha um consolo. Apesar da confusão, a comida estava a salvo. E, tendo comida por perto, Sancho Pança já se sentia bem melhor! Resolveram pernoitar na serra.

Quis a sorte fatal que justamente Ginez de Pasamonte, o pior dos criminosos, se escondesse no mesmo local. Ao ver os dois, escondeu-se e ficou de tocaia. Quando adormeceram, roubou o burro.

Nessa manhã, Sancho acordou mais cedo. Ao descobrir que seu amado burro desaparecera, desesperou-se.

— Cadê meu burro?

Chorou. Soluçou e gemeu tão alto, que Dom Quixote acordou. Ao saber o motivo de tanta tristeza, prometeu:

— Darei uma ordem escrita para que lhe entreguem três dos cinco burros que deixei lá em casa.

O escudeiro parou de fungar. Limpou as lágrimas. Moderou os soluços. Agradeceu. Em seguida, percebeu que Dom Quixote escavava o chão com a ponta da lança. Tentava erguer um volume que estava enterrado. Aproximou-se. O fidalgo acabara de encontrar uma maleta. Parecia bastante pesada. Para Sancho, foi fácil rasgar o couro, de tão velho. Lá dentro, encontrou quatro camisas de fino tecido e outras roupas de linho. Em um lencinho amarrado como uma pequena trouxa, uma boa quantia de moedas de ouro.

— Bendito céu, finalmente aconteceu algo que vale a pena! — comemorou.

Havia também um livrinho, repleto de versos. Dentro dele, uma carta de amor. Dom Quixote ficou com o livrinho e deu as moedas a Sancho. Emocionado, o gorducho beijou as mãos do fidalgo. Romântico, Dom Quixote queria saber a quem pertencia o livrinho e conhecer sua verdadeira história.

— É melhor não procurar ninguém! Se encontrarmos o dono, terei que devolver o dinheiro! — lastimou-se Sancho.

— É nossa obrigação! — afirmou Dom Quixote.

Seguiram. O fidalgo em Rocinante. Sancho a pé, carregando o saco com comida, a maleta e tudo o que restara de suas posses. Depois de um bom tempo, avistaram um rapaz com a roupa rasgada. Falava sozinho. O que dizia, não se entendia nem de longe nem de perto.

— É um louco! — pensou Sancho.

Apesar do mau estado, percebia-se que suas roupas tinham sido de boa qualidade. Devia ser de origem nobre. Dom Quixote ofereceu-se:

— Não sei qual é a desgraça que o aflige. Conte-me. Aqui estou para ajudá-lo.

— Estou com fome. Tem alguma coisa para comer? — pediu o rapaz.

Sancho ofereceu um pão que daria para alimentar uma família. O rapaz o devorou inteiro, aos bocados. Não disse uma palavra. Ao terminar, sentou-se.

— Se desejam ouvir, posso contar minhas desventuras. Prometam não me interromper até que eu termine minha triste história.

O fidalgo concordou, por ele e por Sancho. O rapaz revelou que seu nome era Cardênio. Nascera de família nobre, na Andaluzia. Apaixonara-se por uma jovem chamada Lucinda, que o amava também. Pretendia casar-se. Um dia recebeu uma carta do duque Ricardo, um dos homens mais poderosos da Espanha. O duque o convidava a viver em seu castelo, fazendo companhia a seu filho Fernando. Era um convite que não se podia recusar. Cardênio despediu-se de Lucinda, que prometeu esperar por sua volta. No castelo, Cardênio se tornou grande amigo de Dom Fernando, filho do duque. Este também sofria de mal de amor. Apaixonara-se por uma jovem chamada Doroteia, de família com muitas posses, mas de origem humilde. Era, segundo garantia, lindíssima. Mas a família se opunha ao casamento.

Para acalmar o coração do amigo, Cardênio convidou Fernando a visitá-lo em sua terra natal. Aproveitaria para matar as saudades de Lucinda. Mas... que reviravolta! Ao conhecer Lucinda, Fernando apaixonou-se por ela. Aos poucos, Cardênio começou a desconfiar. E a ter ciúme.

— Um dia, Lucinda me pediu um livro de cavalaria para ler — narrou Cardênio.

Dom Quixote não resistiu e disse:

— Se tivesse me contado logo no princípio que sua amada Lucinda gosta das histórias de cavalaria, não seria preciso nem mais uma palavra para conhecer o tamanho de suas qualidades! Perdoe-me por ter quebrado a promessa de não interrompê-lo. Mas, quando se trata da nobre ordem da cavalaria, não posso deixar de falar!

Cardênio baixou a cabeça até encostá-la ao peito. Era a figura do desânimo. O fidalgo insistiu:

— Continue! Continue!

O rapaz levantou-se. Começou a falar palavras desencontradas e a gesticular. Não conseguia dizer coisa com coisa. Era um ataque de loucura. Dom Quixote não percebeu. Irado, disse a Cardênio o mesmo que dizia a todos: que era um grande cavaleiro andante e que este lhe devia respeito. O rapaz irritou-se. E deu uma pancada no peito do fidalgo. Tão forte que Dom Quixote caiu no chão. Sancho acudiu, aos gritos. Também apanhou. Senhor e escudeiro ficaram caídos no chão, enquanto Cardênio fugia pela montanha, gritando:

— Lucinda! Lucinda!

Lamentou-se Sancho:

— Quero voltar para junto de minha mulher e de meus filhos! Do que adianta buscar aventuras e só levar coices, pedradas e murros?!

— Nobre é a vida de quem serve um herói — garantiu Dom Quixote.

Sancho suspirou, desanimado. O fidalgo resolveu lhe dar uma missão.

— Ordeno que leve uma carta de amor à Dulcineia del Toboso. Esperarei pela resposta com o coração impaciente. Ah, como admiro aquele rapaz que enlouqueceu por amor. Estou tão apaixonado quanto ele! Ficarei aqui na montanha, só pensando em minha amada!

— Levarei a carta e voltarei com a resposta. Mas, ah!, senhor, que falta faz o meu burro!

A seguir, Sancho lembrou-o da promessa de lhe dar três de seus cinco burros. Dom Quixote escreveu uma ordem à sobrinha. E também a carta de amor para Dulcineia. Sancho perguntou como encontrá-la. O fidalgo explicou de quem se tratava:

— Então é Aldonça Lourenço?

— Essa é. Merece ser a senhora de todo o Universo!

— Mas eu pensei que a senhora Dulcineia fosse alguma princesa. Essa moça tem um vozeirão, é rija e forte como um rapaz. De todos caçoa, de tudo faz galhofa!

— É tão linda, que nenhuma se iguala a ela! — irritou-se Dom Quixote.

— Nesse caso sou um asno, que não percebi tais qualidades, senhor. Que venha a carta. Eu entrego!

— Diga a ela que estou louco de amor! — exigiu Dom Quixote.

Como prova, arrancou as roupas e deu duas cambalhotas. Para Sancho, já era doideira suficiente. Partiu em Rocinante, para voltar mais depressa. Dom Quixote ficou na montanha, sozinho, à espera da resposta de sua amada.

10
RAPAZ OU MOÇA?

De como o padre e o barbeiro se encontram com Sancho Pança, saem juntos à procura de Dom Quixote, encontram o "louco da montanha" e a sua amada, disfarçada de rapaz.

No caminho, Sancho foi reconhecido por dois homens. Eram o padre e o barbeiro, amigos de Dom Quixote. Andavam preocupadíssimos. Ao verem Sancho, animaram-se. Sabiam que partira com o vizinho.

— Diga onde ele está! — pediu o cura.

— Não conto! Ninguém vai descobrir.

— Se não disser, será acusado de roubar seu cavalo. Talvez de ter matado o fidalgo!

— Ameaças não me assustam! Não sou homem nem de roubar nem de matar. Meu senhor faz penitência na montanha, em nome do amor.

Em seguida, contou suas aventuras. Falou também da carta que levava para Dulcineia, por quem o fidalgo se apaixonara perdidamente. Apesar de cientes da loucura de Dom Quixote, não deixaram de se espantar com tal amor. Ainda mais por uma camponesa que o fidalgo mal conhecia! O padre quis ler a carta. Só então Sancho descobriu que a tinha perdido. Não só a carta, como a ordem que lhe concedia os burros. Puxou a barba. Bateu no rosto. O padre consolou-o:

— Mais tarde seu amo escreverá novamente a autorização para que lhe entreguem os burros. Mas e a carta de amor?

Sancho garantiu se lembrar de cada palavra. Relatou o que estava escrito. Aumentou, exagerou, inventando mil disparates. Disse também que Dom Quixote prometera torná-lo governador de uma ilha. Quem sabe, até rei ou imperador. O padre e o barbeiro ouviram tudo de boca aberta de tão espantados!

"Tão grande é a loucura de Dom Quixote, que também tirou o juízo desse homem!", pensou o padre.

Anoitecia. O padre e o barbeiro convidaram Sancho a acompanhá-los até a hospedaria onde já estavam instalados. Ao chegarem, Sancho descobriu que se tratava justamente da estalagem onde Sancho fora jogado para cima como um boneco, quando ele e Dom Quixote saíram sem pagar a conta. Preferiu não entrar. O padre e o barbeiro foram para dentro. Queriam chegar até o fidalgo e convencê-lo a voltar para casa. Mas resolveram se disfarçar acreditando que, se ele os reconhecesse, fugiria. O padre arrumou saia e touca. Vestiu-se de mulher. Botou também um enorme chapéu e uma máscara. O barbeiro cortou os pelos do rabo de um boi e fez uma enorme barba.

Ao vê-los, Sancho caiu na risada. Pensando melhor, o padre considerou que não ficava bem a ele, um homem da Igreja, vestir-se de mulher. Trocaram de roupa. O barbeiro botou as saias e o padre, as barbas. Convencerem Sancho a levá-los até Dom Quixote. Mas sem dizer quem eram. E assim foram até a montanha. Esperaram, enquanto o escudeiro procurava pelo fidalgo.

Pouco depois, descansando à sombra, o padre e o barbeiro ouviram um homem cantando. Era Cardênio. Como já tinham ouvido Sancho falar do rapaz, o padre aproximou-se. Gentilmente, conversou com ele. Cardênio contou sua história. Mas, como desta vez Dom Quixote não estava presente para interrompê-lo, chegou até o fim. Resumindo: decidido a roubar Lucinda de Cardênio, Dom Fernando pediu que o rapaz viajasse até o castelo do Duque para receber, das mãos de seu irmão, uma quantia em seu nome. Mal chegou ao castelo, recebeu uma carta de Lucinda. Dom Fernando acabara de pedi-la em casamento! O pai da jovem concordara imediatamente, pois Dom Fernando era um ótimo partido. Na carta, Lucinda prometia esconder um punhal em seu vestido de noiva. Preferia morrer a casar com Dom Fernando! Cardênio voltou às pressas. Chegou justamente no momento da cerimônia do casamento de Lucinda. Ao trocar as alianças com Dom Fernando, a jovem noiva desfaleceu. Pensando que estava morta, Cardênio enlouqueceu de dor. Deixou sua família, seus bens e sua aldeia. Desde então, vivia nas montanhas.

— Esta é minha triste história. Sem Lucinda, a vida perdeu o sentido!

Assim terminou a narrativa. O padre buscava palavras para amenizar a tristeza do rapaz. Mas o que dizer diante de tanta dor? Nisso, ouviram um lamento.

— Ah, quanta desgraça! — dizia alguém, com um tom de voz desanimado.

Caminharam na direção da voz angustiada. Atrás de um penhasco havia um rapaz vestido com roupas de camponês. Lava-va os pés em um regato. Eram dois pés brancos, muito delicados, que não combinavam com as roupas de lavrador. Certamente não eram feitos para seguir arados e bois. Subitamente, ergueu o rosto. Era de uma beleza incomparável. Tirou o gorro. Longos cabelos loiros espalharam-se ao sol. Não era um rapaz! Mas uma jovem disfarçada, trajada com roupas de homem!

— Só a beleza de Lucinda pode se comparar à dessa moça! — disse Cardênio.

Os três ergueram-se de trás da rocha onde estavam escon-didos. A moça ameaçou correr. O padre gritou.

— Não fuja! Seja homem ou mulher, viemos para ajudar.

A moça acalmou-se. Concordou:

— Se meu disfarce não foi suficiente, não há por que conti-nuar mentindo. Vou dizer quem sou.

Para surpresa de Cardênio, tratava-se de Doroteia. Justa-mente a moça por quem Dom Fernando estivera apaixonado antes de conhecer Lucinda.

— Ele me fez muitas promessas de amor, para depois me deixar. Jurou diante de uma imagem santa que seria meu marido.

Depois, viajou. Soube que ia se casar com uma moça chamada Lucinda.

Cardênio encolheu os ombros. Mordeu o lábio. Duas lágrimas escorreram por seu rosto. Doroteia continuou:

— De tão magoada e furiosa, resolvi tirar tudo a limpo. Disfarcei-me de homem e escondi meu vestido e algumas joias em uma trouxa. Fugi de casa. Queria encontrar Dom Fernando para perguntar frente a frente como pôde me trair dessa maneira.

Os três ouviram, emocionados. De repente, para surpresa de Cardênio, Doroteia contou outras coisas de que ele não tinha conhecimento. Ela já sabia que Lucinda desmaiara na hora do casamento. Mas também sabia que em seu peito encontraram um bilhete, onde ela dizia ser a esposa prometida de um rapaz chamado Cardênio. E que estava disposta a morrer se não casasse com ele. De fato, encontraram um punhal em seu vestido. Envergonhado, Dom Fernando fugiu. Lucinda também desapareceu da casa dos pais.

— Agora sei que Dom Fernando não se casou! E não perdi as esperanças de reconquistá-lo! — disse Doroteia.

— Eu sou Cardênio! Fugi quando Lucinda desmaiou, porque pensei que estava morta! Mas, agora, também renovo minhas esperanças!

Os dois prometeram ajudar um ao outro. Ele, a encontrar Dom Fernando. Ela, a descobrir onde estava Lucinda. O padre e o barbeiro ofereceram seus préstimos. Mas também pediram ajuda.

— Queremos falar com Dom Quixote! — explicou o padre.

Nesse instante, ouviram a voz de Sancho Pança, que os procurava. Foram ao seu encontro. O escudeiro contou que encontrara Dom Quixote de ceroulas, fraco, abatido, morto de fome. Suspirava por sua amada Dulcineia.

— Eu disse que ela mandou chamá-lo — explicou Sancho. — Ele afirmou que só voltaria a aparecer diante dela depois de ter realizado valorosas façanhas para merecer seu amor.

O escudeiro suspirou:

— Se continuar assim, ele nunca chegará a imperador. Morre antes! Nem poderá me dar um reino!

— Nós vamos tirá-lo dessas montanhas, bom Sancho — garantiu o padre.

O barbeiro e o padre reuniram-se com Cardênio e Doroteia. O padre revelou o disfarce do barbeiro. Estava se fingindo de donzela em perigo para pedir socorro a Dom Quixote e fazê-lo deixar a montanha.

— Eu representarei esse papel muito melhor do que o barbeiro! — ofereceu-se Doroteia. — Já li muitos livros e sei como suplicam as donzelas em perigo.

— Mãos à obra! — disse o padre. — Ajudaremos uns aos outros, e todos a Dom Quixote!

Doroteia abriu sua trouxa. Tirou uma saia luxuosa e uma mantilha de tecido verde. De um cofrezinho, colar e joias. Escondeu-se atrás de uma pedra para se arrumar. Voltou transformada em uma dama elegante. Todos se admiraram.

— Como Dom Fernando pôde desprezar tanta beleza?! — surpreendeu-se o barbeiro.

O mais surpreso foi Sancho Pança. Sem nada entender, perguntou ao cura quem era tão bonita senhora.

— É a princesa do reino de Micomicão. Veio à procura de Dom Quixote, para implorar que a defenda na luta contra um gigante!

— Ditosa busca! Quem sabe meu amo se casa com ela? Qual é o nome dessa senhora?

— Chama-se princesa Micomicona. E quanto a seu amo casar-se com ela, eu ajudarei no que puder.

Felicíssimo, Sancho não tinha mais dúvida de que Dom Quixote seria imperador.

Doroteia montou a mula do padre. O barbeiro tirou as saias e, para não ser reconhecido, botou a barba de pelo de rabo de boi. Convenceram Sancho a não contar que se tratava do barbeiro, seu vizinho.

O padre e Cardênio resolveram ficar distantes, para evitar suspeitas.

Algum tempo depois, o grupo chegou até onde estava o fidalgo, já vestido, mas sem armadura. O barbeiro fingiu ser o criado da dama. Ajudou-a a desmontar da mula. Doroteia atirou-se de joelhos diante de Dom Quixote.

— Ó valoroso senhor! Vim de terras distantes em busca de ajuda! Sua fama atravessou os mares! Ajude a mais desconsolada donzela que o Sol já viu!

— Levante-se, formosa senhora.

— Não me levantarei, senhor! Até que prometa me ajudar!

Sancho aproximou-se e revelou:

— Senhor, é a princesa Micomicona, que vem pedir para salvá-la de um gigante.

Dom Quixote dirigiu-se à donzela:

— Erga-se. Eu prometo fazer o que me pedir.

— Um traidor tomou o meu reino!

— Pois eu lhe devolverei o trono!

A moça tentou beijar-lhe as mãos. Dom Quixote não permitiu. Mandou Sancho selar Rocinante. Vestiu a armadura. Ajoelhado, o barbeiro fazia esforço para não rir. O padre e Cardênio haviam seguido os outros, mas estavam escondidos. Espiavam através de uma moita. Também queriam participar da história. O padre cortou as barbas de Cardênio e lhe emprestou um capote. Desceram por um atalho até a estrada. Esperaram por Dom Quixote que, por vir a cavalo, demorou mais para descer da montanha do que quem andava a pé. Quando o fidalgo surgiu, o padre correu para ele, de braços abertos, como se tivesse acabado de vê-lo.

— É o famoso Dom Quixote de la Mancha!

Abraçou seu joelho esquerdo. Finalmente, o fidalgo o reconheceu:

— Senhor padre, não é justo que eu continue no meu cavalo e o senhor a pé.

— Para mim, basta montar nas ancas da mula de um desses senhores! — respondeu o padre. — O senhor é quem deve continuar a cavalo.

O barbeiro ofereceu sua mula. O padre montou na sela, e o barbeiro subiu nas ancas. Tratava-se de uma mula de aluguel. Desacostumada com o peso, empinou-se nas patas traseiras. Deu um coice. O barbeiro voou para o chão. A barba falsa caiu. Tapou o rosto com as mãos, para não ser reconhecido.

— Arrancaram meu queixo! — gritou.

Esperto, o padre agarrou a barba que caíra. Correu até o barbeiro e a repôs, murmurando umas palavras em voz baixa.

— É para colar barbas! — explicou a Dom Quixote.

Tão mergulhado em fantasias estava o fidalgo, que acreditou nessa absurda invenção. Dom Quixote, a princesa e o padre continuaram montados. Cardênio, o barbeiro e Sancho Pança caminharam.

— Para onde vamos, formosa princesa? — perguntou o fidalgo.

— Ao reino de Micomicão!

Curioso, Dom Quixote perguntou:

— Senhor padre, o que faz por essas bandas, sozinho e sem criados?

— Ia a Sevilha. Mas no caminho fui assaltado por uns ladrões. Eram condenados às galés, que, segundo dizem, foram soltos por um doido. Ou doido ou patife como eles. Pois quem é capaz de soltar os lobos entre as ovelhas?

Sancho Pança é que contara ao padre sobre a libertação dos prisioneiros. Ao comentar o caso, o padre aproveitava para ver a reação de Dom Quixote. Este mudou de cor, sem se atrever a dizer que fora o culpado pela libertação dos criminosos. Emburrou e ficou bem quieto!

Naquele exato momento aproximou-se um homem vestido de cigano. Era o ladrão, Ginez de Pasamonte. Vinha no burro de Sancho, que o reconheceu.

— Larga minha joia. Larga meu burro!

Assustado, o ladrão saltou da montaria e fugiu. Sancho abraçou o burro, emocionado:

— Como tem passado, companheiro fiel?

Beijava-o. Fazia carinhos, como se fosse gente. Dom Quixote aproximou-se. Sancho aproveitou para aconselhar:

— Senhor, por que não se casa com essa bela princesa?

— Não posso. Meu coração pertence à nobre Dulcineia del Toboso!

— Mas, senhor, se não se casar com uma princesa, nunca será imperador. Nem poderá me dar um reino!

— O que prometi, prometido está. Não se preocupe. Terá sua recompensa!

11
A LUTA CONTRA OS BARRIS DE VINHO

De como Dom Quixote enfrenta uma batalha contra barris de vinho.

Como o caminho era o mesmo, chegaram novamente à mesma hospedaria de que Dom Quixote saíra sem pagar a conta e em que Sancho fora atirado para o alto como um boneco. O escudeiro nem queria pôr os pés lá dentro. Mas não teve remédio. Tendo sido alertado pelo padre do que se passava, o dono da estalagem, sua mulher, a filha e a criada Maritornes recebem o fidalgo com grandes mostras de respeito e alegria. Dom Quixote avisou:

— Vejam se me arrumam uma cama melhor do que da vez anterior!

Montaram uma cama tão ruim quanto a outra. Ele aceitou e foi dormir. Sancho o acompanhou. Os outros foram comer. De repente, Sancho Pança chegou, esbaforido:

— Senhores, acudam. Há uma batalha lá no quarto. É o gigante inimigo da senhora princesa Micomicona!

— Mas o gigante está longe daqui! — assustou-se o padre.

Ouviu-se a voz de Dom Quixote, que bradava em altos gritos:

— Ladrão! Velhaco! Pode me atacar, que eu o enfrento! Sinta a força do meu braço!

O som de golpes de espada enchia o ar.

— O quarto é um lago de sangue! — gritou Sancho.

— Céus! — gritou o dono da hospedaria, já imaginando do que se tratava.

Correram todos. Dom Quixote estava só de camisa e ceroulas, com as pernas magras de fora. Na mão direita, a espada. Golpeava o ar. Arremetia. Gritava, como se estivesse em um grande combate. Mas estava de olhos fechados. Ainda estava dormindo! Em sonhos, chegara ao reino de Micomicão. Enfrentava o gigante. Atacara, na verdade, grandes barris de vinho, guardados no quarto. Os barris arrebentados derramaram o vinho. Tal era o sangue do gigante de que Sancho falava! Aos gritos, diante do prejuízo, o dono da hospedaria quis agredir Dom Quixote! Foi impedido pelo padre e por Cardênio. Mesmo assim, o fidalgo não acordou. Continuou a lutar até que o barbeiro chegou com um balde de água fria e atirou em cima dele!

— Onde está a cabeça do gigante? Precisamos apresentá-la para receber a recompensa! — procurava Sancho, cego pela ambição.

— Desta vez não vão embora sem me pagar pelo prejuízo! — gritava o estalajadeiro.

Dom Quixote ajoelhou-se emocionado diante do padre, pensando estar diante de Doroteia e confundindo a batina com um vestido. A moça, ao perceber que ele estava quase sem roupa, se recusara a entrar no quarto.

— Senhora princesa Micomicona. Está livre do gigante. Assuma de volta seu trono com as honras que lhe são devidas!

— Vou ganhar minha recompensa! Serei conde! — comemorava Sancho.

Todos riram. Menos o dono da estalagem, furioso pela perda do vinho. Depois de muita peleja, colocaram Dom Quixote novamente na cama. Saíram. A mulher do estalajadeiro também se lamentava:

— Má hora em que recebi esse cavaleiro andante! Só dá prejuízo.

A falsa princesa, Doroteia, garantiu a Sancho que, quando voltasse a seu reino, ele receberia terras e o título de conde. O padre prometeu pagar pelo vinho perdido.

Da porta, o estalajadeiro avisou que chegavam novos hóspedes. Doroteia colocou um véu sobre o rosto. Cardênio se escondeu em um quarto. Entraram uma dama e quatro cavaleiros. Todos mascarados. A dama sentou-se, ajudada por um dos cavaleiros. Deu um profundo suspiro. Deixou os braços caírem ao longo do corpo, como se estivesse doente. O padre, o barbeiro e Doroteia observavam, curiosos. Quem seriam aquelas pessoas misteriosas?

Diante dos suspiros da dama, Doroteia aproximou-se, sem tirar o véu do rosto.

— Posso ajudá-la?

A outra permaneceu em silêncio. O homem disse:

— Não espere nenhuma resposta dessa mulher. Ela só sabe mentir.

A mascarada respondeu:

— Não, eu não minto. Quem mente é o senhor. Minha dor é tão grande, que só pode ser verdadeira, pois seria impossível inventar tristeza igual!

Ao ouvir a voz, Cardênio imediatamente a reconheceu:

— Lucinda!

A dama levantou-se. A máscara caiu de sua face. Era uma jovem lindíssima. Tremia. O cavaleiro mais próximo tratou de ampará-la. Agarrou seus braços. Sua máscara também caiu. Foi a vez de Doroteia se espantar. Gemeu.

— Fernando!

Desmaiou. O barbeiro amparou-a. Ao ouvir a voz de Lucinda, Cardênio correu para fora do quarto. Doroteia abriu os olhos. Todos os quatro se olhavam. Doroteia para Dom Fernando. Dom Fernando para Cardênio. Cardênio para Lucinda. Lucinda para Cardênio. A primeira frase foi de Lucinda:

— Dom Fernando, liberte-me. Este é o homem a quem amo e a quem amarei para sempre!

Vendo que Dom Fernando segurava Lucinda, Doroteia tirou o véu do rosto e ajoelhou-se a seus pés.

— O senhor me fez promessas. Por que insiste em ter Lucinda, se ela ama Cardênio? Por que me abandona, se lhe dedico meu coração?

Dom Fernando ouviu sem dizer uma palavra. Abriu os braços, soltando Lucinda. Cardênio a abraçou. Dom Fernando olhou para o rosto cheio de lágrimas de Doroteia. Emocionou-se.

— Formosa Doroteia, levante-se. Só posso me comover diante de um amor tão grande! Perdoe-me. Aceite-me de volta.

Os dois casais trocaram juramentos de amor.

Todos estavam felizes. Com exceção de Sancho, cujos sonhos de grandeza se transformaram em fumaça. Agora sabia! Não existia nenhuma princesa do reino de Micomicão. Era apenas uma jovem chamada Doroteia! Foi avisar Dom Quixote:

— Senhor Cavaleiro da Triste Figura, pode continuar dormindo à vontade. Não é mais preciso vencer o gigante ou defender a princesa.

— Isso eu sei muito bem. Agora mesmo cortei a cabeça do traidor. Era tanto sangue que escorreu pelo chão como um regato!

— Não era sangue, mas vinho tinto!

— Está ruim dos miolos, Sancho? O que diz?

— Nem existe princesa, só uma dama chamada Doroteia.

Dom Quixote irritou-se:

— Pois, então, não sabe que estamos em um castelo encantado? Da outra vez que aqui estivemos, não fomos atacados por um fantasma?

O fidalgo vestiu-se. Queria ver com os próprios olhos todas as transformações de que falava Sancho. Colocou o elmo de Mambrino na cabeça. Pegou o escudo e a lança. Saiu do quarto. Aproximou-se de Doroteia.

— Senhora princesa, o que houve? Foi enfeitiçada?

A moça respondeu, alegre:

— De jeito nenhum! Se minha aparência mudou, é devido à felicidade. Mas, senhor cavaleiro, ainda conto com sua ajuda. Amanhã seguiremos viagem!

Dom Quixote virou-se para Sancho, enfurecido:

— Velhaco! Por que me disse mentiras? Estou para lhe dar um corretivo tamanho, que criará juízo para sempre.

— Eu me enganei, eu me enganei! — apavorou-se Sancho. — Tudo, sim, é verdade. Ela é uma princesa e o senhor derrotou um gigante!

— Amanhã seguiremos viagem. É o que importa! — apaziguou Dom Fernando.

Dom Quixote ofereceu-se para passar a noite guardando o castelo, para evitar ataques, gigantes e feiticeiros. Convencidos de que não adiantava tentar impedi-lo, todos agradeceram. Sancho foi dormir, deitado ao lado de seu burro Ruço. As moças se acomodaram em um quarto. Os rapazes, o barbeiro e o padre, em outro.

O cavaleiro andante foi para fora, cumprir o prometido. Montou no cavalo. Com a lança em riste, ficou passeando de um lado para outro.

12
O HERÓI PENDURADO

De como Dom Quixote cai na armadilha de Maritornes e se julga enfeitiçado.

A hospedaria caiu em profundo silêncio. Só não dormiam a filha do dono e Maritornes, a criada. Resolveram pregar uma peça em Dom Quixote. Maritornes foi para a janela. Observou o cavaleiro andante que ainda andava de um lado para o outro, em guarda! Chamou, baixinho.

— Senhor meu, aproxime-se!

O herói virou-se na sua direção. Em sua fantasia, imaginou:

— É a filha do senhor do castelo! Com certeza apaixonou-se por mim!

Aproximou-se. Diante da criada, curvou-se e disse:

— Lastimo decepcioná-la, linda donzela. Mas meu coração já tem dona. Pertence a Dulcineia del Toboso, formosa entre as formosas. Não posso corresponder a seus sentimentos!

Maritornes sussurrou:

— Ao menos me deixe pegar sua linda mão!

A janela era alta. Dom Quixote ficou de pé sobre a sela de Rocinante. Estendeu a mão, orgulhoso.

— Eis aqui minha mão! Não a beije. Contente-se em admirar os músculos, os nervos, a grossura das veias!

Rapidamente, Maritornes prendeu a mão com a ponta de um cabresto. Amarrou o pulso. E prendeu o cabresto na porta. Dom Quixote queixou-se:

— Está arranhando minha mão! Será vingança porque não correspondo ao seu amor?

A criada e a filha do estalajadeiro nem ouviram. Já tinham saído às gargalhadas. Dom Quixote de pé, em cima de Rocinante, pendurado pelo braço. Ao perceber que não havia mais donzela alguma na janela, imaginou:

— Fui vítima de um encantamento!

Puxou o braço para soltar-se. Impossível. Ficou imóvel, com muito esforço. Não podia se mexer, para não espantar o cavalo.

Se Rocinante resolvesse galopar, ficaria dependurado na janela! Chamava:

— Sancho, Sancho!

Mas Sancho dormia profundamente.

Desesperado, Dom Quixote achou que ficaria preso para sempre.

Mal raiou o dia, chegaram quatro homens a cavalo, armados com arcabuzes. Bateram com força na porta da hospedaria. Nosso herói resolveu intervir. Mesmo preso pelo braço, não perdia a pose. Avisou, em tom de voz arrogante:

— Cavaleiros, é cedo para bater à porta. Afastem-se deste castelo!

— Que tanta cerimônia é essa? — reclamou um dos homens. — Só queremos alimentar nossos cavalos. Temos pressa. O senhor é o estalajadeiro?

Ofendidíssimo, Dom Quixote replicou:

— Acaso pareço um estalajadeiro? Deixem este castelo em paz.

— De que castelo está falando? Isto aqui me parece uma simples estalagem de beira de estrada.

Os homens tornaram a bater com mais força ainda. O estalajadeiro acordou. Abriu a porta. Os homens apearam. Um dos cavalos veio cheirar Rocinante. Triste, de orelhas derrubadas, o bom cavalo quis cheirar de volta. Mexeu-se. Os pés de Dom Quixote escorregaram da sela. Ficou completamente dependurado pelo braço. Esticava a ponta dos pés para ver se alcançava o chão. Gritava. O dono da hospedaria e todos os outros correram para ver do que se tratava. Maritornes, bem depressa, foi até a porta onde amarrara o cabresto. Sem que ninguém visse, libertou o pulso do fidalgo. Dom Quixote se estatelou no chão. Mas ergueu-se furioso, de lança em riste.

— Fui enfeitiçado. Se alguém duvidar, que venha me enfrentar!

Todos olhavam para ele espantados.

— Que nova confusão é essa?! — admirou-se o estalajadeiro.

Quis o destino que nesse momento chegasse o barbeiro de quem Dom Quixote tomara a bacia. Justamente ele! Ao ver o Cavaleiro da Triste Figura, o barbeiro gritou:

— Minha bacia de latão! Este sujeito roubou minha bacia novinha.

— Mentiroso! É o elmo encantado de Mambrino! Veja! — retrucou Dom Quixote, mostrando a bacia.

O padre e o outro barbeiro, amigos de Dom Quixote, foram conversar com o homem em um canto. Conseguiram acalmá-lo.

O padre pagou em segredo pela bacia de latão. O barbeiro roubado acalmou-se. Dom Quixote pôde manter o "elmo encantado" em seu poder. Mas nem assim acabou a confusão. Os quatro homens que haviam chegado pela manhã pertenciam à Santa Irmandade, ordem encarregada de zelar pela lei e pela justiça naqueles tempos. Um deles lembrou-se de que trazia um mandado de prisão contra o fidalgo.

— Pela descrição, é ele mesmo. Foi quem libertou um grupo de condenados às galés!

Quis prendê-lo. Dom Quixote agarrou-o pelo pescoço. Foi um deus nos acuda. Os homens gritavam, ameaçando o fidalgo. Com muita dificuldade, Dom Fernando conseguiu libertar o pescoço do homem das mãos de Dom Quixote. A situação piorou. Os outros queriam amarrá-lo. Orgulhosamente, o cavaleiro andante bradou:

— Quem foi o ignorante que assinou um mandado de prisão contra mim? Minha lei é a espada! Sozinho, dou conta de quatrocentos de vocês!

Enquanto Dom Quixote esbravejava, o padre tentava convencer os cavaleiros da Santa Irmandade de que o fidalgo havia perdido o juízo. Mesmo assim, insistiam em prendê-lo. Mas tanto o cura falou, e tantas loucuras fez Dom Quixote, que acabaram convencidos.

— É doido mesmo!

O dono da hospedaria queria ficar com Rocinante e o burro, como paga do prejuízo pelo vinho derramado. Como havia prometido, Dom Fernando ressarciu as despesas. A hospedaria, que mais parecia um campo de batalha, acalmou-se.

Dom Quixote foi até Doroteia. Mais uma vez, o fidalgo ofereceu-se para ir com ela até o reino de Micomicão, onde restituiria seu trono. Preocupada com o estado mental do fidalgo, ela agradeceu e disse não desejar outra coisa. Preocupados, todos se entreolharam.

Como fazê-lo retornar à sua casa na aldeia?

13
VIAGEM NA GAIOLA

De como o padre e o barbeiro aprisionam Dom Quixote em uma gaiola para o levarem de volta para casa.

Havia dois dias que todos estavam na hospedaria. Tentavam descobrir uma maneira de ajudar o padre e o barbeiro a conduzirem Dom Quixote de volta à sua aldeia sem ser preciso que Doroteia e Dom Fernando os acompanhassem, continuando com a história da princesa do reino de Micomicão. Mesmo porque agora, reconciliados, Doroteia e Dom Fernando queriam ficar livres para viver seu amor.

Um carro de boi passou. O padre teve uma ideia. Mandou fazer uma espécie de jaula de ripas cruzadas, onde o fidalgo caberia confortavelmente. Dom Fernando e seus amigos, o dono da estalagem e até os homens da Santa Irmandade taparam o rosto. Disfarçados, entraram no quarto onde Dom Quixote roncava. Agarraram seus pés e mãos.

O fidalgo acordou, surpreso.

— Fantasmas! — gritou.

Foi levado para a jaula e bem trancado. Mestre Nicolau, o barbeiro seu vizinho, disse com voz solene:

— Ó Cavaleiro da Triste Figura! Não se aflija com a prisão. Foi enfeitiçado. Mas não se desespere. Ao final desse percurso, acabará mais depressa a heroica aventura em que se meteu! Sua fortuna será coroada com os laços entre o valoroso leão da Mancha e a gentil pomba de Toboso.

Consolado, Dom Quixote imaginou que se tratava de uma profecia, falando de seu casamento com Dulcineia. Quem seria o leão da Mancha, se não ele próprio? E a pomba, se não ela? Ergueu a voz:

— Meu cárcere será glorioso, porque grandes alegrias me esperam!

Sancho inclinou-se e beijou-lhe as mãos. Os homens ergueram a jaula e a colocaram sobre o carro de boi. Partiram.

A viagem estava tranquila. Só Sancho se atormentava, dizendo ao fidalgo:

— Ah, meu senhor! E minhas ricas recompensas? Minha ilha, meu reino?

— Acalme-se, Sancho. Estou aqui, enfeitiçado. Há de chegar a hora em que terá suas recompensas.

— Será que não notou? São seus vizinhos, o padre e o barbeiro que o levam. Não há feiticeiro algum!

— Podem parecer com o padre e o mestre Nicolau. Mas não são de fato. Só na aparência.

Sancho tentava fazer o fidalgo enxergar a realidade. Impossível. O fidalgo continuava tranquilo, certo de que a prisão era fruto dos poderes de um feiticeiro. Mas que era também uma etapa para conquistar as glórias que sonhava. A certa altura encontraram um cônego. Logo começaram a conversar. Aproveitaram o descanso para soltar Dom Quixote.

— Assim pode esticar as pernas. Mas não fuja!

O fidalgo garantiu que isso nem lhe passava pela cabeça.

Que adiantou?

Pouco tempo depois, veio uma procissão. Um grupo de penitentes pedia que chovesse na região, sempre tão seca. Traziam em um andor a imagem da Virgem, coberta de luto. A imaginação fogosa do cavaleiro logo concluiu:

— É uma dama aprisionada!

Correu até Rocinante. Montou. Agarrou a espada e o escudo. Avisou, em voz alta:

— Vou libertar aquela senhora!

O cura, o barbeiro e o cônego correram atrás dele. Sancho gritava:

— Senhor Dom Quixote, está desrespeitando a fé!

Inútil. O cavaleiro foi até a frente da procissão e exigiu:

— Soltem essa boa senhora. Pelo seu semblante triste, vejo que vem contra a sua vontade!

A procissão parou. Os penitentes cercaram a imagem para defendê-la. Os sacerdotes ergueram as tochas. Um homem correu até Dom Quixote, com uma enorme forquilha. O fidalgo atacou com a espada. O homem aparou com a forquilha. E deu uma bordoada no ombro do herói. O herói caiu do cavalo. Sancho gritou para o da forquilha:

— Não dê mais um golpe sequer! É só um pobre cavaleiro enfeitiçado que nunca fez mal a ninguém.

Caído no chão, Dom Quixote não se movia. O padre foi reconhecido por um amigo, que vinha na procissão. Explicou a situação. Os penitentes compreenderam que o fidalgo sofria do juízo. Sancho gemia, lamentando-se.

— Ó flor da cavalaria, desperte. Ó honra, glória e maravilha da Mancha!

O fidalgo reanimou-se:

— Ajude-me, Sancho, a voltar para o carro encantado. Estou com o ombro partido.

— Sim, senhor. Vamos voltar a nossa aldeia. Lá esperaremos pelo momento de nova partida para buscar mais proveito e fama.

— Está certo, Sancho. É preciso deixar passar o mau momento.

O cura, o cônego e o barbeiro ajudaram Sancho a carregar Dom Quixote até o carro de boi. A procissão seguiu seu caminho. Dom Quixote continuou a viagem no carro de boi.

Chegaram à aldeia com o sol a pino. Era domingo. Todos os habitantes estavam nas ruas. Quando o carro de boi atravessou a praça, o povo correu para ver o que havia. Divertiram-se, surpresos, ao se depararem com Dom Quixote engaiolado e deitado na palha. Mal souberam da notícia, a sobrinha e a governanta vieram correndo. Gritaram de desespero ao ver Dom Quixote magro, sem cor.

A mulher de Sancho Pança também veio correndo. Ao ver o marido, perguntou:

— O burro está bom?

— Melhor que eu — respondeu Sancho.

— Ótimo! Agora conte. Ganhou muito como escudeiro? Trouxe-me um vestido? Sapatos para seus filhos?

— Não trago nada disso, mulher. Agora sossega. Em breve, quando partirmos novamente, vou me tornar conde. Ou governador de uma ilha.

A mulher suspirou, decepcionada.

A sobrinha e a governanta botaram Dom Quixote na cama. O padre e o barbeiro disseram para tratá-lo bem até que recuperasse a saúde. Mas alertaram:

— Fiquem de olho! — avisou o padre.

— Mais cedo ou mais tarde tentará fugir novamente! — concluiu o barbeiro.

E foi o que aconteceu.

14
NOVA PARTIDA

De como Sancho Pança procura Dom Quixote, que se restabelecia em casa, para partirem em novas aventuras.

Durante algum tempo o padre e o barbeiro ficaram longe da casa. Não queriam provocar lembranças. Quando resolveram visitá-lo, encontraram Dom Quixote sentado na cama, vestido com um roupão. Tão seco e mirrado, parecia uma múmia. Conversou com elegância. Falou de política de modo tão acertado, que parecia ter recuperado o juízo. O padre desconfiou. Resolveu fazer um teste. Contou que os navios turcos estavam chegando para atacar a Espanha. Dom Quixote espantou-se:

— Por que o rei não me chamou? Um cavaleiro andante como eu dá conta de duzentos mil homens!

O padre e o barbeiro se olharam, compreendendo a situação. Não havia dúvida. O fidalgo continuava de miolo mole!

Nisso, ouviram os gritos da sobrinha e da governanta no pátio da casa. Era Sancho Pança querendo entrar. A governanta bradava:

— Saia daqui, monstrengo! Não venha arrastar meu amo para outras andanças!

Sancho retrucava:

— O arrastado sou eu. Ele prometeu que eu seria governador de uma ilha e ainda estou à espera dela!

— Pois vá governar sua casa! Vá lavrar sua terra, ganancioso!

Dom Quixote gritou para que o deixassem entrar. Veio Sancho. O padre e o barbeiro despediram-se. Saíram balançando a cabeça:

— É questão de tempo. Nosso fidalgo vai sair pelo mundo outra vez! — comentou o barbeiro.

— Não sei se fico mais espantado com a loucura do fidalgo que pensa ser cavaleiro andante ou com a simplicidade do escudeiro, certo de que vai ganhar uma ilha! — concluiu o padre. — A verdade é que um não valeria nada sem o outro!

Dom Quixote e Sancho Pança trancaram-se no quarto. O fidalgo disse:

— Muito me pesa, Sancho, que tenha dito que o tirei de sua choupana. Também não fiquei em casa. Partimos juntos. Tivemos a mesma fortuna e a mesma sorte. Agora conte, livremente e sem rodeios, o que dizem de mim.

— Pois dizem que é doido. E que sou burro.

— São calúnias!

— Pior ainda! O bacharel Sansão Carrasco, que estudou na cidade de Salamanca, contou que já existe um livro contando a sua história, senhor! Traz o seu nome, *Dom Quixote de la Mancha*. Como o escritor pode saber de tudo que nos aconteceu?

— Deve ser algum feiticeiro que tudo vê!

Dom Quixote exigiu que Sancho fosse buscar o bacharel, para saber sobre o livro.

Sansão Carrasco não era nem alto nem robusto. Magro, pálido. Inteligente. Tinha vinte e quatro anos. Cara redonda. Nariz achatado e boca grande. Gostava de fazer piadas e armar histórias. Assim que viu Dom Quixote, ajoelhou-se diante dele:

— Dom Quixote de la Mancha! O senhor tornou-se um dos mais famosos cavaleiros andantes deste mundo, e suas aventuras cheias de coragem e valor foram narradas em um livro!

— Então é verdade? Que aventuras conta esse livro?

— As mais heroicas! Fala dos gigantes que pareciam moinhos de vento. Dos exércitos que se tornaram dois rebanhos de carneiros. Conta sobre a libertação dos condenados.

— De mim, o que dizem? — quis saber Sancho.

— Há quem ache que é muito crédulo por acreditar que vai ganhar uma ilha!

— Muitos governadores que nem chegam à sola dos meus sapatos! — reclamou Sancho.

Conversaram sobre outros detalhes da obra. O bacharel quis saber o que Sancho fizera com as moedas encontradas na Serra Morena, pois o livro não contava.

— Trouxe para minha mulher. Não podia chegar de mãos abanando!

Dom Quixote refletiu, preocupado. Muitos livros exageravam as histórias. Quem sabe, era o caso desse também. Sansão Carrasco revelou que o autor prometia continuar o livro. Dom Quixote ficou pensativo. Nesse instante, ouviu o relincho de Rocinante. Pareceu um bom sinal.

— Chegou a hora de viver novas aventuras! — exclamou.

Pretendia partir em breve! Sancho concordou, certo de que, desta vez, ganharia sua ilha. Sansão despediu-se. Sancho voltou para casa tão alegre, que a mulher desconfiou. Quis saber o que havia.

— Ouça, Teresa. Vou voltar ao serviço de meu amo Dom Quixote. Dobre a ração do burro, quero que fique bem forte! Volto governador de uma ilha!

— Sancho, Sancho! Muitos nascem e vivem sem ser ricos! Nem por isso são menos importantes.

— Casarei nossa filha com algum nobre.

— Não, Sancho, case nossa filha com alguém igual a ela! Fique satisfeito com o que é, Sancho! Fique! Vamos viver em paz!

Teresa chorou. Sancho tentou consolá-la. Depois saiu, para tratar da partida com o fidalgo.

Desconfiadas do plano, a sobrinha e a governanta tentavam convencer Dom Quixote.

— Para que vagar pelo mundo como alma penada? — lamentava-se a governanta.

Sancho chegou. Ao vê-lo, as duas saíram do quarto cheias de raiva. A governanta foi à procura de Sansão Carrasco.

— Meu amo se vai novamente. É a terceira vez. Na primeira, voltou moído de pauladas. Na segunda, preso em uma gaiola! Fraco, sem forças. Para recuperar sua saúde e fazê-lo voltar ao que era, fiz muita gemada! Gastei mais de seiscentos ovos. As galinhas não me deixam mentir!

— Não se aflija — prometeu o bacharel.

Despediu-se. O rapaz foi procurar o padre. Juntos, combinaram uma solução que se saberá mais tarde.

Mas foi o bacharel quem ajudou Dom Quixote a arrumar nova armadura. A governanta e a sobrinha gritaram, puxaram os cabelos, choraram. Nada adiantou. Em três dias, o cavaleiro e seu escudeiro Sancho estavam de partida. Saíram diretamente para a região de Toboso.

Dom Quixote queria visitar sua amada Dulcineia.

15
DULCINEIA ENFEITIÇADA

Onde se narra o encontro
de Dom Quixote com sua
Dulcineia enfeitiçada.

Ao aproximar-se da região de Toboso, Dom Quixote exigiu:

— Leve-me ao palácio de Dulcineia!

Mas Sancho mentira a Dom Quixote. Quando o fidalgo estava na Serra Morena, o escudeiro fora encarregado de levar uma carta de amor a Dulcineia. Perdera a carta, mas dissera ter decorado cada palavra. Voltara com um suposto recado da amada do fidalgo. Tudo com boa intenção. Pretendia convencer Dom Quixote a deixar a serra, onde passava os dias sem comer, à espera da resposta. Mas... e agora? Se Dom Quixote encontrasse a verdadeira Dulcineia, logo saberia que nunca houvera recado algum. Querendo se safar, Sancho respondeu:

— Que palácio, senhor? Quando a encontrei, ela estava em um curral!

— Com certeza foi na sacada de um palácio. Ah, Sancho, mesmo que fosse em um curral! Sua beleza iluminaria a tudo!

Entraram na cidade. Era noite. Dom Quixote pediu que Sancho mostrasse o caminho. Sancho teimou que, se tivesse tanta certeza de que ela vivia em um palácio, Dom Quixote indicaria onde era. Discutiram. Acabaram na frente do cemitério. E lá acabaram dormindo! Ao amanhecer, saíram da cidade. Dom Quixote foi esperar em uma floresta, enquanto Sancho procurava por Dulcineia.

— Vá e diga que quero vê-la — ordenou o fidalgo.

O escudeiro passou um bom tempo procurando uma saída. O fidalgo não podia descobrir que fora enganado, justamente por ele, Sancho! Enfim, viu três camponesas na estrada. Teve uma ideia. Foi à floresta. Chamou Dom Quixote.

— Venha ver a princesa, que caminha com duas outras damas. Vem com pérolas, diamantes, rubis! Os cabelos soltos nos ombros parecem raios de sol!

Dom Quixote montou Rocinante. Apressaram-se. Na estrada, o fidalgo procurou com os olhos, surpreso.

— Sancho, Sancho, que há? Onde está a formosa Dulcineia?

— Senhor, está com os olhos fechados? — perguntou o escudeiro. — Não vê essas damas que se aproximam, resplandecentes como o sol do meio-dia?

— Só vejo três camponesas montadas em burricos.

— Cruzes! — admirou-se Sancho. — Pois se vejo três princesas em cavalos brancos! Esfregue os olhos, senhor. Vá cortejar a dama dos seus pensamentos!

Sancho foi até as três camponesas. Apeou. Agarrou o cabresto de um dos burricos. Ajoelhou-se e disse:

— Rainha, princesa de tanta formosura. Ali está seu cavaleiro, Dom Quixote de la Mancha!

Pasmo, Dom Quixote foi ajoelhar-se ao lado de Sancho. Surpreso, só via uma camponesa de cara feia. As três moças ficaram boquiabertas. A suposta Dulcineia respondeu, com maus modos:

— Saiam do caminho! Temos pressa!

— Ó princesa, como seu coração não se enternece? — perguntou Sancho.

— Estão rindo de nós! — disse outra moça. — Xô! Fora daqui!

A falsa Dulcineia esporeou seu burrico.

— Não gosto de piada!

Partiu furiosa, seguida pelas outras duas. Dom Quixote ergueu os olhos para o céu.

— Dulcineia foi enfeitiçada por algum bruxo maligno! Por isso vi uma feia camponesa e não a mais formosa das damas! E pior, Sancho, até o doce perfume da sua pele sumiu. Quando me aproximei, senti cheiro de alho cru! Os cabelos loiros tornaram-se semelhantes a um rabo de boi! Ah, como sou desgraçado!

Sancho segurou o riso. Havia se safado. Montaram novamente. Partiram. No caminho, Dom Quixote só pensava em uma coisa: como quebrar o feitiço que se abatera sobre Dulcineia!

No sentido contrário veio uma carreta, das mais estranhas que já se viu neste mundo. O cocheiro era um demônio. Em cima vinha a figura da Morte, com rosto humano. Um anjo estava de um lado e um imperador, do outro, além de muitas estranhas figuras. Sancho assustou-se. Com coragem, Dom Quixote foi até o estranho grupo:

— Cocheiro do diabo, diga-me quem é e para onde vai com essa gente?

O diabo respondeu mansamente:

— Somos atores! Vamos representar em uma aldeia perto daqui. Por isso estamos vestidos dessa maneira.

— Por minha fé — respondeu Dom Quixote. — Quando vi esse carro, pensei que iria viver uma grande aventura. A aparência alheia sempre pode enganar!

Um dos atores fez tilintar seus guizos. Rocinante tomou o freio nos dentes. Galopou. Dom Quixote caiu. Sancho foi socorrê-lo. De brincadeira, um ator pulou sobre o burro, que, assustado, também correu.

— Senhor, o diabo levou meu Ruço! — gritou Sancho.

— Eu o recobrarei! — respondeu Dom Quixote.

Não foi preciso. O ator já soltara o animal. O fidalgo correu para a carreta de lança em riste.

— Parem. Vou ensiná-los a tratar os burros com bondade!

A Morte, o Imperador, o Anjo, o Diabo, a Rainha e outras tantas figuras saltaram da carreta. Pegaram pedras para se defender. Sancho acudiu:

— Senhor, não lute. Ainda que pareçam reis e imperadores, não há entre eles um só cavaleiro andante.

— Tocou no ponto certo, Sancho. Não posso lutar contra quem não é cavaleiro igual a mim. A vingança fica a seu cargo!

— Eu? Levar pedradas? Como bom cristão, perdoo a brincadeira com meu burro. Vamos seguir em paz.

Dom Quixote virou as rédeas. Sancho foi buscar seu Ruço. A Morte, o Anjo e todo o esquadrão voltaram à carreta. Prosseguiram viagem.

Pelo menos dessa vez, Sancho impediu a confusão!

16
O CAVALEIRO DOS ESPELHOS

De como Dom Quixote
enfrenta o Cavaleiro dos Espelhos.

Descansaram à beira de algumas árvores da floresta. Algum tempo depois, Dom Quixote despertou com um ruído. Dois homens vinham a cavalo. Um disse para o outro:

— Vamos descansar aqui. Preciso de silêncio para pensar no amor.

O fidalgo logo concluiu que se tratava de um cavaleiro andante. Continuou a ouvir. O cavaleiro do bosque exclamou, em tom de sofrimento:

— Ó mulher, a mais bela e ingrata que há! Ó, Cassildeia de Vandália! Já me obrigou a enfrentar todos os cavaleiros de Navarra, de Castela e da Andaluzia. A todos fiz admitirem que és a mais formosa deste mundo. E, finalmente, fiz com que sua beleza fosse elogiada por todos os cavaleiros da Mancha!

— É um louco! — afirmou Dom Quixote a Sancho. — Eu sou da Mancha e nunca admiti tal disparate. Mesmo porque não é verdade! A mais bela é Dulcineia del Toboso!

Dom Quixote aproximou-se. O outro continuava com o elmo colocado e a viseira fechada. Não viu seu rosto. Era um homem robusto, não muito alto. Trazia uma malha dourada sobre a armadura, enfeitada com inúmeros espelhos resplandecentes. No elmo, uma grande quantidade de plumas verdes, amarelas e brancas. A lança tinha uma ponta afiada de ferro.

— Quem é o senhor? — perguntou.

— Sou cavaleiro andante. Já venci muitos cavaleiros da Espanha. Mas a façanha de que mais me orgulho é de ter derrotado o famosíssimo Dom Quixote de la Mancha.

Espantado, Dom Quixote retrucou:

— Certamente não venceu Dom Quixote. Deve ter sido alguém parecido.

— Eu o fiz admitir que minha formosa Cassildeia é mais bela que Dulcineia. Se duvida, ergo minha espada para provar!

— Pois eu sou Dom Quixote! Nunca lutou comigo, mentiroso! Se deseja, venha agora sentir a força do meu braço.

— Aceito. Mas com uma condição!

— Qual?

— A de que o vencido fique à mercê do vencedor! — exigiu o Cavaleiro dos Espelhos.

— Que seja! Eu aceito porque não há cavaleiro mais valoroso que eu! Depois de vencê-lo, imporei minhas condições! — concordou Dom Quixote.

Montaram seus cavalos. Afastaram-se, abrindo espaço para a batalha. Dom Quixote esporeou Rocinante, que, pela primeira vez na sua vida de cavalo, galopou como devia. A montaria do outro, ao contrário, empacou. O Cavaleiro dos Espelhos atrapalhou-se. Dom Quixote veio velozmente em sua direção, de lança em riste! Com um golpe derrubou o adversário, que ficou caído no chão, de pernas para o ar.

Desmontou. Ergueu a viseira do inimigo. Para sua surpresa, viu o rosto do bacharel Sansão Carrasco.

— Sancho, é caso de magia! Venha ver!

— Pelo sim, pelo não, senhor, é melhor enfiar a espada boca adentro desse feiticeiro que encarnou o rosto do bacharel.

— Concordo!

Dom Quixote ergueu a espada pronto a desferir o golpe fatal! O escudeiro do outro se aproximou correndo.

— Senhor, não é feitiço! Trata-se realmente do bacharel!

Surpreso, Dom Quixote olhou o rosto do vizinho. Ia pedir uma explicação. Mas o Cavaleiro dos Espelhos abriu os olhos. Imediatamente, o fidalgo botou a espada em seu pescoço.

— Confesse agora mesmo que a mais formosa entre as mulheres é a nobre Dulcineia del Toboso! Confesse também que nunca venceu Dom Quixote de la Mancha.

— Confesso que mais vale o sapato de Dulcineia do que as barbas mal penteadas de minha Cassildeia. Jamais venci o valoroso Dom Quixote! — gritou o suposto Cavaleiro dos Espelhos.

Rendido e descadeirado, o derrotado foi embora com seu escudeiro.

Sancho pensava:

— Como o cavaleiro pode ser igual ao bacharel Sansão Carrasco? E o escudeiro, ter a mesma aparência de um de seus vizinhos?

Era um plano do qual nem Sancho nem o fidalgo desconfiavam. Fora uma ideia do bacharel e do padre, para fazer Dom Quixote tomar juízo. Sansão Carrasco não tinha dúvidas de que venceria Dom Quixote. Por isso o fizera prometer de que o vencido ficaria à mercê do vencedor. Pretendia ordenar a Dom Quixote que voltasse para casa.

Como se vê, tudo saiu ao contrário.

O bacharel foi para um povoado próximo, onde tratou de cuidar dos ferimentos causados pela queda. Enquanto isso, ruminava um novo plano para tirar Dom Quixote da vida de cavaleiro andante.

17
A AVENTURA DOS LEÕES

De como Dom Quixote desafia leões ferozes e se transforma no Cavaleiro dos Leões.

Quando voltaram ao caminho, Dom Quixote e Sancho Pança conheceram um homem que montava uma égua baia. Vestia-se de verde. Até suas esporas eram verdes. Dom Quixote cumprimentou-o:

— Se não estiver com muita pressa, continue a viagem conosco. Será uma grande honra! Sou Dom Quixote!

— E eu, Dom Diego de Miranda. Vivo em uma aldeia aqui perto. Se aceitarem, poderemos jantar mais tarde em minha casa.

Logo se tornaram amigos. Dom Diego admirou-se ao saber que Dom Quixote era cavaleiro andante, pois nem sabia que tais personagens existiam de verdade. Enquanto os dois fidalgos conversavam, Sancho encontrou uns pastores de ovelhas que conduziam seu rebanho ao longo da estrada. Aproveitou para comprar alguns requeijões. Para facilitar, guardou-os dentro do elmo de Dom Quixote, que levava consigo. De repente, ouviu um grito. Dom Quixote avistara um carro enfeitado com bandeiras reais.

— Sancho, me dê o elmo! Uma nova aventura se aproxima.

O novo amigo, Dom Diego, tentou conter Dom Quixote:

— É um carro com funcionários do rei, nada mais.

Aviso inútil. Dom Quixote já estava de lança em riste. Sancho não teve outro jeito a não ser entregar o elmo. Mas esqueceu os requeijões dentro dele. O fidalgo enfiou o elmo na cabeça. Espremidos, os requeijões escorreram pelas barbas de Dom Quixote.

— Sancho, meus miolos derreteram!

Sancho achou mais prudente ficar quieto. Calou-se. Ofereceu um lenço a Dom Quixote, que se limpou e tirou o elmo. Cheirou.

— Traidor! Botou requeijões dentro do meu elmo.

— Ah, senhor! Deve ser um novo feitiço!

O cavaleiro vestido de verde observava os dois, assombrado. Mais surpreso ficou quando Dom Quixote limpou o elmo, enfiou-o de novo na cabeça e galopou até o carro. Vinha com dois homens, um cocheiro e um tratador de leões. O fidalgo pediu explicações.

— O que fazem?

— Levo dois bravos leões engaiolados, presenteados ao rei — respondeu o tratador.

— São grandes?

— Enormes! Macho e fêmea. Cada um está em uma jaula. Estão famintos. Precisamos ir depressa para chegar logo a um local onde teremos ração para alimentá-los.

O fidalgo ordenou, valente:

— Abra as jaulas. Vou mostrar que não tenho medo de leões.

Sancho acudiu:

— Senhor, não se meta com os leões. Vão nos despedaçar!

Dom Quixote insistiu com o tratador para abrir as jaulas. Este se recusou. O fidalgo ergueu a lança, ameaçador. Apavorado, o tratador não teve remédio senão obedecer Dom Quixote. Mas avisou:

— As feras só estão acostumadas comigo. Se eu abrir a jaula, é melhor fugirem.

Em lágrimas, Sancho suplicava para Dom Quixote desistir da façanha. Dom Diego picou sua égua e sumiu. Dom Quixote saltou do cavalo. A jaula foi aberta.

— Meu amo vai morrer! — chorava Sancho.

Apavorado, esporeou o burro e também foi para longe.

Era um leão enorme, de aparência terrível. Espreguiçou-se. Lambeu as garras. Pôs a cabeça para fora da jaula. Dom Quixote o mirava fixamente.

— Vou despedaçá-lo com minhas mãos! — avisou.

O leão nem fez caso. Olhou de um lado para o outro. Virou-se de costas para Dom Quixote. Deitou-se.

— Bata nele. Dê pauladas! Quero que saia! — ordenou Dom Quixote ao tratador.

— Nunca! Eu seria o primeiro a ser despedaçado! Além do mais, já provou sua valentia. Se o leão não saiu, é porque não quis.

Orgulhosamente, o fidalgo concordou. O homem fechou a jaula.

Sancho voltou, surpreso por encontrar o fidalgo inteiro.

— Meu amo venceu as feras!

O tratador beijou as mãos de Dom Quixote, prometendo narrar sua coragem ao rei.

— De hoje em diante, não me chamarei mais Cavaleiro da Triste Figura — declarou Dom Quixote. — Sou o Cavaleiro dos Leões!

18
O CASAMENTO DE QUITÉRIA

De como Dom Quixote se envolve em uma festa de casamento que quase se transforma em tragédia.

A viagem continuou. Dom Quixote e Sancho Pança encontraram quatro homens, dois estudantes e dois camponeses. Todos se admiraram com a figura do cavaleiro. Nunca tinham visto igual. Convidaram o fidalgo e o escudeiro para uma grande festa de casamento em uma aldeia próxima.

— O noivo é Camacho, o homem mais rico da região. A noiva é Quitéria, a mais formosa das moças. Haverá muita dança e muita comida.

Sancho interessou-se, principalmente pela parte da comida. O estudante contou a história dos noivos. Na verdade, havia um moço, Basílio, apaixonado por Quitéria. Mas era pobre. O pai da moça a obrigara a casar-se com Camacho.

— Basílio anda triste e pensativo. Nunca mais sorriu — contou o estudante.

Aproximaram-se do povoado. A festa tinha tudo para ser incrível. Havia música. Preso em um enorme espeto, um boi inteiro assava em uma fogueira. Gigantescas panelas cozinhavam lebres, galinhas e porcos. Grandes barris de vinho estavam lá para serem oferecidos aos convidados! Havia cinquenta cozinheiros. Sancho já foi pegando três galinhas e dois patos cozidos para comer enquanto esperava pelo jantar.

Um cortejo entrou dançando. Em seguida ouviram gritos:

— Viva a noiva! Viva a noiva!

A moça era linda! Vestia-se ricamente. Trajava um vestido de veludo e cetim. Os dedos eram adornados com anéis de ouro e pérolas. Mas estava pálida, como se as forças lhe faltassem para realizar o casamento.

De repente, um homem vestido de negro entrou na sua frente. Era Basílio.

— Ingrata! Vai se casar com outro! — gritou.

Assim dizendo, enfiou um punhal no próprio peito. Sangrou.

A noiva quase desmaiou. Os convidados assistiam a cena, chocados. Dom Quixote correu para socorrê-lo. Pegou-o nos braços. Ainda vivia. O padre disse:

— Está morrendo. É melhor se confessar!

Quase sem voz, Basílio pediu:

— Ah! Quitéria. Vou morrer. Case-se comigo, para que eu parta desse mundo sem rancor.

— Não pense mais nisso! — aconselhou o padre. — Quitéria já está comprometida com outro, com quem já vai se casar. É melhor se confessar!

Mas Dom Quixote observou:

— O que ele pede é justo, pois está prestes a morrer. Só vai durar um instante! É sua última vontade! Assim que ele morrer, ela se casa de novo.

Houve uma grande discussão. Muitos choraram. Finalmente, Quitéria decidiu fazer a última vontade do rapaz. O noivo, Camacho, concordou, certo de que Basílio morreria em seguida.

Quitéria aproximou-se do ferido. Com os olhos revirados, quase sem respirar, Basílio pediu:

— Aceita ser minha legítima esposa?

— Sim! — respondeu Quitéria, enternecida.

O casamento foi realizado. Mas, oh, que surpresa!

Mal terminou a cerimônia, Basílio se pôs de pé num só salto. Arrancou o punhal do peito.

— Milagre! Milagre! — gritaram os presentes.

Não era milagre, mas truque. O punhal fora enfiado em um tubo de ferro oco, que Basílio escondera na roupa. O sangue era falso. Mas o casamento, não. Basílio estava realmente casado com Quitéria. Ao descobrir que fora enganado, Camacho chamou os amigos para acabar com a história. E junto com eles ergueu a espada para atacar Basílio. Mas Basílio também tinha amigos, que se dispuseram a defendê-lo. A festa estava prestes a se transformar numa batalha!

Dom Quixote subiu em Rocinante e arremeteu, de lança em riste.

— O amor é como a guerra! — gritou. — E na guerra também valem os estratagemas.

Olhou para o rosto feliz de Quitéria. E concluiu:

— Basílio ama Quitéria. E Quitéria ama Basílio. Que sejam felizes!

Camacho também olhou para Quitéria. Percebeu que as palavras do fidalgo eram verdadeiras. Embainhou a espada.

— Melhor assim! — disse. — Se ela não me ama, que fique casada com ele.

Para mostrar que não tinha raiva, ofereceu a festa aos noivos. Nem Quitéria nem Basílio aceitaram. Partiram. Dom Quixote os acompanhou. Obrigado a partir também, Sancho Pança não se conformava.

— Ah, eu perdi um jantar esplêndido! Que panelas cheirosas!

19
O MACACO E AS MARIONETES

Onde se narra o encontro
de Dom Quixote
com macacos e marionetes.

Descansaram em uma hospedaria. Sancho ainda se lamentava, lembrando-se das boas comidas da festa deixada para trás. Pela porta entrou um homem com roupas de camurça e com uma venda verde no olho esquerdo.

— Há lugar para mim, para meu macaco adivinho e para meus bonecos?

— É o senhor, mestre Pedro? Vamos ter uma noite alegre! — disse o dono da hospedaria, satisfeito. — Mas onde está o macaco? E o palco?

— Estão chegando! Vim na frente para saber se havia lugar.

O homem saiu. Dom Quixote quis saber de quem se tratava. O dono da hospedaria explicou que era o proprietário de um teatro de marionetes e de um macaco mágico, capaz de responder a tudo que lhe perguntassem.

— Como assim?

— Quando lhe fazem uma pergunta, salta no ombro do amo, cochicha a resposta em seu ouvido. Fala do presente, do passado e do futuro!

Mestre Pedro voltou. Trazia um teatro de marionetes, com seus bonecos. E também um macaco grande e sem rabo. Dom Quixote e Sancho quiseram apreciar seus dons. O animal subiu no ombro do mestre. Pareceu falar em seu ouvido. Claro que o macaco não dizia coisa alguma. Mestre Pedro, porém, já ouvira falar do cavaleiro andante. Também já o reconhecera. Ficou de joelhos.

— Ó glorioso cavaleiro andante, Dom Quixote de la Mancha, o macaco me contou quem é! Receba meus cumprimentos!

O fidalgo admirou-se. Mestre Pedro ofereceu:

— Agora vou montar o palco e apresentar meu espetáculo.

Dom Quixote observou ao escudeiro:

— Amigo Sancho, esse macaco deve ter coisa com o demônio!

Foram ver o palco armado e iluminado por velas de cera. Os outros hóspedes já estavam à espera para assistir ao espetáculo. A peça começou. Escondido atrás do palco, mestre Pedro movimentava os bonecos por meio de fios. As marionetes pareciam ter gestos próprios! Um rapaz narrava a história. E justamente, a certa altura da história, o herói fugiu com sua amada. Os outros bonecos os perseguiram. Dom Quixote levantou-se.

— Não permitirei tanta injustiça.

Ergueu a espada. Atacou os bonecos. Arrancou a cabeça de uns. Estropiou outros. Mestre Pedro gritava:

— Dom Quixote, não são inimigos, mas marionetes!

O fidalgo não ouvia. Lutava com ardor! O macaco fugiu para o telhado. Os hóspedes correram. Ao final da batalha, todos os bonecos estavam espalhados pelo chão, muitos em pedaços!

— Dom Quixote destruiu tudo o que eu tinha! — lamentava-se mestre Pedro.

— Meu senhor pagará os prejuízos — garantiu Sancho.

— Que prejuízo? — admirou-se Dom Quixote. — Eram inimigos!

Só então teve consciência de que atacara as marionetes. Mas nem por isso se deu por achado. Concluiu:

— Foi culpa de algum feiticeiro. Pois tudo o que vi parecia de verdade.

Com feitiço ou sem feitiço, mestre Pedro não se conformou até receber pelas peças destruídas. E deu o preço. Sancho, que guardava as moedas de Dom Quixote, desembolsou a quantia pedida. Sofreu muito, é claro. Cada vez que dispunha das moedas, sentia um golpe no coração. Mais tarde, todos jantaram. E jantaram bem, às custas de Dom Quixote. Em seguida, mestre Pedro tratou de caçar o macaco.

20
O CAVALO MÁGICO

De como Dom Quixote e Sancho Pança
são enganados por fingidas feitiçarias,
mas tudo acaba bem.

No dia seguinte, ao sair de uma floresta, Dom Quixote viu um grupo de caçadores. Era gente de alta nobreza. Havia uma dama montada em um belo cavalo, sobre uma cadeirinha de prata. Tratava-se de uma duquesa, acompanhada por seu marido, o duque. Já ouvira falar de Dom Quixote e de sua falta de juízo. Ela e o marido convidaram amo e escudeiro a se hospedar em seu castelo.

Só de pensar no jantar, Sancho estava felicíssimo! Suas esperanças não foram em vão. Havia uma mesa farta, com comidas deliciosas. O duque e a duquesa divertiram-se com o fidalgo, que falou sobre a cavalaria andante. Ouviram a história do feitiço de Dulcineia, transformada em rude camponesa. Resolveram se divertir às custas dos dois. Inicialmente, prometeram uma ilha para Sancho governar. Em seguida, prepararam várias brincadeiras, para rir da loucura do fidalgo e da ingenuidade do escudeiro.

Assim, no dia seguinte convidaram o fidalgo e o escudeiro para caçar em um bosque. Anoiteceu. Subitamente, a floresta iluminou-se com tochas. Diante deles, surgiu um homem vestido de diabo.

— Venho em busca de Dom Quixote de la Mancha — trovejou o homem, que não era outro senão um empregado do castelo. — Soube que a formosa Dulcineia del Toboso foi enfeitiçada. Vou ensiná-lo a libertá-la do encantamento.

Sancho tremia. Em seguida, chegou um carro puxado por quatro bois, adornados com panos negros e guiado por outros homens trajados de demônios. No carro, estava um velho de barbas brancas.

— Sou o mago Merlin![3] — anunciou.

— Para que Dulcineia volte a ser o que era — revelou o mago —, Sancho Pança deve tomar três mil e trezentas chibatadas.

— O quê?! Logo eu?! — surpreendeu-se o escudeiro.

O mago explicou que Sancho deveria açoitar a si mesmo. Só assim Dulcineia estaria livre.

— Mas não aguento nem três! — lamentou-se o escudeiro.

— Ah! Traidor! Eu lhe darei seis mil e seiscentas! — ameaçou Dom Quixote.

— O senhor é quem a ama. Leve as chibatadas por ela.

— Se não concordar, não ganha a ilha! — avisou o duque.

— Não posso ter dois dias para pensar?

— Ânimo, Sancho! — aconselhou a duquesa.

— Ai de mim! Eu aceito. Contanto que eu me dê as chibatadas quando e onde quiser!

[3] Nas aventuras dos cavaleiros do Rei Artur, um dos primeiros romances de cavalaria, Merlin foi o criador da Távola Redonda. Era um feiticeiro que tinha o dom de prever as coisas que iriam acontecer.

Dom Quixote pendurou-se no pescoço de Sancho, agradecendo.

— Ó, fiel escudeiro!

Em segredo, Sancho trocou as chibatadas por umas palmadas bem leves, que deu em si mesmo. Ao que se sabe, não passaram de cinco...

Mas o duque e a duquesa riram muito com a brincadeira.

Dali a alguns dias, estavam todos no jardim. Subitamente, ouviu-se o som de uma trombeta. Em seguida veio uma jovem, acompanhada por doze damas. Todas com o rosto coberto por véus. O duque quis saber o que tanto a afligia. A moça disse que só contaria na presença de Dom Quixote e de seu escudeiro Sancho Pança. O fidalgo ergueu-se e fez uma mesura.

— Aqui estou, senhora! Ofereço meus serviços para salvá-la.

— O feiticeiro Malambruno me enfeitiçou!

A jovem, que era uma condessa, soluçou, em lágrimas. Continuou a narrar sua triste história:

— Ele fez nascer barba em meu rosto e no das minhas damas de companhia. Veja!

Todas tiraram os véus. Tinham longas barbas negras, louras e brancas! A condessa Dolorida desmaiou. Sancho admirou-se:

— Juro por meus antepassados, os Pança, que nunca ouvi uma história como essa!

A barbada foi acudida. Atirou-se novamente aos pés de Dom Quixote.

— Salve-nos, galante cavaleiro!

A condessa explicou que o reino de onde vinha ficava muito distante. Mas que era fácil quebrar o feitiço.

— Logo depois do cair da noite chegará um cavalo que voa, mandado por Malambruno! Se um valente cavaleiro e seu escudeiro atravessarem os ares, o feitiço acaba! — revelou.

O fidalgo declarou:

— Estou pronto para galopar o cavalo!

— Ai de mim, vou ter que ir junto! — lamentou-se Sancho.

Quando anoiteceu, foram todos para o jardim. Quatro homens entraram com um grande cavalo de madeira. Puseram-no no chão.

— Quem for corajoso, que monte nesta máquina — avisou um deles.

— Então eu não monto, pois coragem não tenho nenhuma — advertiu Sancho.

A dama Dolorida implorou novamente:

— Nossas barbas continuam crescendo! Ajudem-nos!

— Vamos, Sancho! Vamos voar! — chamou Dom Quixote.

— Não, senhor. E se o cavalo despenca no caminho?

O duque interveio:

— Se quer ser governador de uma ilha, tem que ir com seu amo Dom Quixote! Nada se consegue sem merecimento.

O escudeiro não teve alternativa. Dom Quixote montou o cavalo. Sancho subiu na garupa.

— Será preciso que voem de olhos tapados, para não quebrar a magia! — continuou Dolorida.

Dom Quixote aceitou a venda. Depois de muito argumentar, Sancho também teve que aceitar a venda. Deixou que tapassem seus olhos. As damas gritaram:

— Já estão voando! Rompem os ares como uma flecha!

Apavorado, Sancho agarrou-se a Dom Quixote. Os criados do duque aproximaram-se com um fole e simularam uma ventania.

— Estamos subindo! Estamos na região dos ventos, das tempestades! — gritou Dom Quixote.

Em seguida, os homens aproximaram panos quentes do rosto dos dois.

— Senhor, sinta o calor! — gritou Sancho. — Estamos perto do fogo do Sol. Vou queimar minhas barbas! Vou tirar a venda, ver onde estamos!

— Não, Sancho. Não podemos desfazer o encanto!

No jardim, todos assistiam divertindo-se extraordinariamente. O cavaleiro e seu criado continuaram a falsa viagem. Para terminar, os criados do duque acenderam alguns foguetes que estavam na barriga do cavalo de madeira. Dom Quixote e Sancho Pança realmente voaram e caíram no chão. As mulheres barbadas se esconderam. Os outros deitaram no chão, como se estivessem desmaiados. O fidalgo e o escudeiro abriram os olhos. Admiraram-se por estar de volta ao jardim. Havia uma lança pregada no chão. Suspenso por dois cordões, um pergaminho liso e branco onde, com grandes letras de ouro, via-se escrito:

"Malambruno está satisfeito com a bravura demonstrada pelo valoroso Dom Quixote. As faces das damas estão lisas novamente. A pomba do Toboso também logo estará livre do feitiço! São essas as instruções do grande sábio Merlin."

Satisfeito, Dom Quixote concluiu que Dulcineia também seria desencantada.

— Ela voltará a ser uma princesa! — declarou, cheio de esperança.

A condessa Dolorida, é claro, não apareceu mais. Era somente o mordomo do castelo!

21
SANCHO GOVERNADOR

De como, devido às fingidas feitiçarias do duque, Sancho Pança se torna governador de uma ilha.

Sempre para fazer piada, o duque resolveu conceder o governo de uma ilha a Sancho. Este pediu:

— Desde que voei no cavalo encantado, prefiro uma parte do céu!

— O céu eu não posso dar. Posso conceder uma ilha benfeita e bem redonda, cheia de riquezas — explicou o duque.

— Pois que venha a ilha. Nunca se verá um governador como eu!

Dom Quixote chamou Sancho e aconselhou:

— Sancho, amigo, chegou a prosperidade! Só por ter acompanhado um cavaleiro andante, já ganhou uma ilha! Preste atenção! Não fique inchado como uma rã! Diga a todos que é filho de lavrador, tenha orgulho de sua origem humilde! Seja justo com os ricos e tenha compaixão dos pobres!

Quem ouvisse conselhos tão ajuizados jamais pensaria que o fidalgo tinha miolo mole. Dom Quixote prosseguiu:

— Corte as unhas. Ande com a roupa arrumada. Não coma alho nem cebola, para não ter mau hálito. Sobretudo, nada de arrotos depois do jantar!

Sancho ouviu os conselhos e prometeu seguir todos. O mordomo veio buscá-lo para a viagem.

— Veja, senhor, tem o mesmo rosto da condessa Dolorida! — admirou-se o futuro governador.

— É parecido, mas é um homem, e se é homem não é uma mulher. Portanto não é a condessa! — refletiu Dom Quixote. — Agora vá para sua ilha, amigo Sancho, e não perca tempo com suspeitas inúteis.

Sancho partiu. Dom Quixote permaneceu entristecido no castelo do duque.

Quando chegou à ilha, os funcionários responsáveis pela administração já haviam sido informados que se tratava de um governador de brincadeira. Para satisfazer o duque, trataram Sancho com todas as honras. O suposto governador foi levado ao tribunal para resolver desavenças, como lhe competia.

Aproximaram-se um alfaiate e um camponês.

— Senhor governador — disse o alfaiate. — Ontem esse homem me procurou e me entregou um pedaço de pano. Perguntou se dava para fazer uma carapuça. Medi o pano. Respondi que sim. Ele garantiu que daria para duas, achando que eu estava roubando na medida. Concordei. Não satisfeito, ele disse que daria para fazer três, depois quatro, finalmente cinco carapuças com o mesmo corte de tecido. Concordei novamente. Agora foi buscá-las e eu quis entregar as tais carapuças. Mas ele não quer me pagar pelo serviço. Pelo contrário, exige o corte de tecido inteirinho de volta!

— É verdade? — perguntou Sancho.

— Sim — respondeu o camponês. — Peça ao alfaiate para mostrar as carapuças.

— Como não? — respondeu o alfaiate.

Tirando a mão que trazia dentro do bolso, mostrou cinco carapuças minúsculas. Cada uma cobria somente um dedo.

Todos riram. Sancho pensou e deu a sentença:

— Está resolvido. O alfaiate perde o feitio. O camponês, o tecido! E eu estou perdendo meu tempo!

Vieram dois homens. Um garantia:

— Eu lhe emprestei dez moedas de ouro!

O outro afirmava:

— Eu devolvi!

Sancho disse ao devedor:

— Prometa que dirá a verdade.

— Sim, senhor!

— Então responda: as moedas estão com você?

O velho trazia um grosso cajado de madeira. Pediu que o outro segurasse o cajado. Ajoelhou-se. Afirmou:

— Juro que as moedas não estão comigo!

Manteve o rosto tão sério e falou em um tom tão verdadeiro que todos acreditaram. Em seguida, pegou novamente o cajado da mão do outro. E partiu. Quando o velho ia saindo, Sancho pediu que o trouxessem de volta. Pegou o cajado e entregou-o ao acusador.

— Aqui estão suas moedas.

Realmente. Quando o cajado foi quebrado, verificou-se que era oco. Estava cheio de moedas! Admirados, todos queriam saber como descobrira.

— Foi fácil — disse Sancho. — Quando jurou, o velho entregou o cajado nas mãos do outro. De fato, naquele momento não estava com as moedas. Não mentiu. Foi assim que desconfiei!

Do tribunal, Sancho foi levado para um grande palácio. Um banquete o esperava. Sentou-se à cabeceira. Um pajem botou um guardanapo com rendas em seu pescoço. Um médico ficou de pé ao seu lado. Trouxeram uma bandeja repleta das mais diferentes frutas. Quando Sancho quis comer, o médico o impediu. O criado partiu com as frutas. Veio um frango assado. Mal estendeu os dedos, Sancho foi novamente impedido pelo médico.

— Devo zelar por sua saúde, senhor governador! Nenhum desses pratos é conveniente.

— Então me tragam as perdizes — pediu Sancho.

— Nunca, podem fazer mal — proibiu o médico.

— O coelho! A vitela!

— Jamais, jamais.

Colérico, Sancho revoltou-se. Brigou com o médico. Naquele instante, chegou uma carta do duque. Sancho não sabia ler.

Um secretário abriu o despacho. A carta avisava que era preciso tomar cuidado, pois quatro inimigos disfarçados queriam tirar sua vida.

— O melhor é não comer nada do que há na mesa! — avisou o mordomo.

— Pelo menos, um pedaço de pão.

Não permitiram que comesse de jeito nenhum. Sancho começou a sentir que ser governador não era tão bom quanto pensava.

Nos dias seguintes, o mordomo e os outros criados do duque trataram de planejar como fazê-lo desistir do governo. Não foi difícil. Na sétima noite de sua grandeza, Sancho já estava farto de fazer julgamentos e dar sentenças. Para piorar a situação, o médico o proibia de comer de tudo. Passava fome.

De repente, um grupo veio correndo.

— Às armas, senhor governador! Estamos sendo atacados!

Enfiaram dois escudos presos um no outro pela cabeça de Sancho, que ficou parecendo uma gorda tartaruga.

— Ande, ande, senhor governador.

Sancho caiu no escuro e rolou pelo chão. Os outros gritavam. Por fim disseram:

— Vencemos a batalha!

Ajudaram Sancho a se levantar. Tiraram os escudos, achando que tinham exagerado na brincadeira. Sancho foi para a cama. De manhã, vestiu-se com suas antigas roupas. Foi para a estrebaria, onde estava seu querido burro.

— Vamos embora, companheiro! Do que adianta a ambição? Não nasci para governar. Entendo mais de lavrar a terra!

Despediu-se. Partiu.

— Nasci nu. Não perco nem ganho. Saio daqui como entrei, para viver com gosto!

22
O CAVALEIRO DA BRANCA LUA

Onde se narra o encontro
de Dom Quixote com o
Cavaleiro da Branca Lua.

Quando Sancho retornou ao castelo, Dom Quixote resolveu partir. O duque e a duquesa insistiram para que permanecessem. Adoravam fazer brincadeiras com os dois. Mesmo sem suspeitar disso, o fidalgo sentia que seu lugar não era ali. Queria viver novas aventuras. Seguiram em direção a Barcelona. No caminho, conheceram muitas pessoas. Mas, como todas as aventuras, esta também chegou ao final.

Certa manhã, Dom Quixote caminhava pela praia. Em sua direção veio um cavaleiro de armadura, com uma lua pintada no escudo.

— Sou o Cavaleiro da Branca Lua! Venha experimentar a força dos meus braços. Ou reconheça que a minha dama, seja quem for, é mais formosa do que Dulcineia del Toboso! — desafiou.

Lança em riste, Dom Quixote afirmou que se bateria até a morte para defender a beleza de Dulcineia.

— Pois, se eu vencer —, disse o cavaleiro, há de prometer ficar um ano em seu povoado, sem tocar na espada, em paz tranquila, em sossego!

— Cavaleiro da Branca Lua, aceito o desafio. Em guarda!

A fama da falta de juízo de Dom Quixote já era tão grande que até o vice-rei foi rapidamente para a praia assistir à luta! Justamente, esta começava.

Montados em seus cavalos, os dois cavaleiros afastaram-se. Em seguida, viraram as montarias. Um disparou em direção ao outro. As lanças erguidas. Seria considerado vencedor o que derrubasse o outro de seu cavalo.

O Cavaleiro da Branca Lua era mais rápido. Esbarrou em Dom Quixote com tanta força que o fidalgo e Rocinante desabaram no chão. O vencedor espetou a lança na viseira do fidalgo. Ordenou:

— Renda-se. Perdeu o desafio.

— Dulcineia del Toboso é a mais formosa dama do mundo. Pode me tirar a vida, mas nunca direi nada contra a beleza de minha amada! — teimou Dom Quixote.

— Não vou matá-lo. Pode continuar a louvar a beleza da senhora Dulcineia. Eu me satisfaço se cumprir sua promessa. Dom Quixote, volte para sua terra!

O vice-rei ouviu a exigência. Dom Quixote prometeu honrar a palavra dada. Sem mostrar o rosto, o Cavaleiro da Branca Lua despediu-se de todos os que assistiam à luta. Deu meia-volta no cavalo e partiu.

Levaram Dom Quixote. Estava pálido. Sancho, entristecido. Pela primeira vez, via o amo rendido.

O vice-rei mandou um homem atrás do Cavaleiro da Branca Lua. Queria saber de quem se tratava. Foi encontrado em uma estalagem. Era ninguém menos do que o bacharel Sansão Carrasco.

— Se Dom Quixote voltar para sua casa, pode ser que se cure — afirmou. — Por isso exigi que prometesse deixar a vida de cavaleiro andante por um ano.

O enviado do vice-rei exclamou:

— Ó, senhor, Dom Quixote é o doido mais engraçado do mundo! Por que tem que voltar ao juízo?

Mas a promessa estava feita e, como cavaleiro andante, Dom Quixote dispôs-se a cumpri-la. Quando se recuperou, partiu para sua aldeia. Dessa vez, sem armadura. Foi montado em Rocinante. Sancho caminhava, porque o burro carregava a armadura, a lança, a espada, o elmo e o escudo.

23

A HORA DO ADEUS

De como Dom Quixote

voltou para casa,

arrependeu-se de suas

aventuras de cavaleiro andante

e morreu em paz.

Ao chegarem a sua aldeia, encontraram o padre e o bacharel. Ambos os receberam de braços abertos. Dom Quixote apeou. Abraçou-os fortemente. Foram para a casa do fidalgo. A governanta e a sobrinha choravam de alegria. A mulher de Sancho, Teresa, vinha correndo, trazendo a filha, Sanchica. A moça abraçou o pai. A mulher ofereceu o braço ao marido. Contou que a duquesa lhe enviara um lindo colar. Sancho revelou que o duque lhe dera um bom dinheiro. Seguiram para casa, contentes.

Dom Quixote chamou o bacharel, o padre e o barbeiro. Contou como fora derrotado pelo Cavaleiro da Branca Lua. (A essa altura, Sansão Carrasco e o padre trocaram um olhar...) Disse que pretendia cumprir a palavra e descansar por um ano. A sobrinha e a governanta alegraram-se. A sobrinha só fez uma reclamação:

— Senhor tio! Pensei que tinha voltado para sempre!

— Cale-se! Eu sei o que devo fazer — respondeu o fidalgo. — Agora, levem-me para a cama. Não me sinto muito bem.

Deitou-se. Comeu.

Pode ter sido a melancolia causada pela derrota. O fato é que Dom Quixote adoeceu. O bacharel bem que tentou alegrá-lo. Sancho Pança ficou à cabeceira da cama, fazendo companhia ao fidalgo. A febre não diminuiu. Chamaram um médico. Este tomou seu pulso. Avisou que o fidalgo não estava nada bem. Dom Quixote ouviu a notícia sossegadamente.

A governanta, a sobrinha e Sancho Pança choravam. O médico comentou:

— A tristeza está dando cabo desse homem.

Dom Quixote pediu para ficar sozinho. Dormiu um bom tempo. Ao acordar, bradou:

— Bendito seja Deus, que tanto bem me fez.

Surpreendentemente, o fidalgo tinha acordado com o juízo perfeito! Todos foram ouvi-lo.

— Agora tenho consciência de meus disparates!

Sansão Carrasco pensou que se tratava de nova loucura. Disse:

— Senhor, acabamos de saber que Dulcineia não está mais enfeitiçada! Não tem mais motivo para preocupação!

Dom Quixote abanou a cabeça.

— Essas histórias não são verdadeiras. Só me prejudicaram. Reconheço o perigo em que me meti por querer ser cavaleiro andante!

Em seguida, suspirou.

— Sinto, senhores, que a morte está chegando. Chamem o tabelião para fazer meu testamento! Padre, quero me confessar!

Admirados com a transformação de Dom Quixote, todos concluíram que talvez fosse realmente a morte que se aproximava. Saíram. Sozinho com o padre, o fidalgo fez a sua última confissão. Em seguida, Sancho Pança, a sobrinha e a governanta entraram novamente. O bacharel voltou com o tabelião. O fidalgo disse a Sancho:

— Perdoa-me, amigo, por tê-lo feito parecer doido como eu.

As lágrimas escorriam pelo rosto de Sancho. O fidalgo continuou:

— Fui Dom Quixote. Agora volto a ser Alonso. Senhor tabelião, tome nota. O meu dinheiro, que está com Sancho, não deve ser cobrado. É dele! Deixo toda a minha fazenda à minha sobrinha Antônia. Só peço que nada falte à minha governanta, que sempre me serviu tão bem. E também lhe deixo vinte moedas, para que compre um vestido. Também digo que se minha sobrinha quiser se casar, que se case. Mas se escolher um homem com sonho de ser cavaleiro andante, e persistir na ideia, que perca tudo que lhe deixo!

Desmaiou. E, entre suspiros e lágrimas da sobrinha, de Sancho, da ama e dos amigos, morreu.

Em sua sepultura, o bacharel escreveu uma singela homenagem:

Jaz aqui um fidalgo tão forte,
que a extremos chegou.
Tão valente, que a morte
da vida não triunfou.
Ele o mundo percorreu
e, se dizem que foi louco,
com bom juízo morreu.

Essa foi a história de Dom Quixote, que quis ser cavaleiro andante. Seu corpo agora repousa para sempre. Não mais poderá sair em busca de aventuras, salvar donzelas aflitas, ajudar os injustiçados, derrotar feiticeiros ou lutar contra moinhos de vento.

FIM

Por que amo *Dom Quixote*

Walcyr Carrasco

Ainda lembro daquela noite! Tinha onze anos, era um garoto tímido e magricela. Fui convidado para ir à noite na escola, onde haveria uma comemoração. Não sabia bem do que se tratava. O salão estava cheio. Sentei-me, sem saber o que fazer no meio daquelas pessoas — a maioria delas nem conhecia! Dali a pouco, a diretora, que estava no palco, chamou pelo meu nome. Levantei-me. Caminhei sob uma chuva de aplausos. Só então descobri que ganhara o prêmio de melhor redação! Confuso, recebi um abraço da minha professora de português, dona Nilce, e outro da diretora. Como prêmio, um livro! Chamava-se *Dom Quixote*!

Era uma tradução e adaptação, como esta que ofereço agora a vocês. Comecei a ler no dia seguinte e não parei até terminar. As aventuras do fidalgo que sonha ser cavaleiro andante me divertiram demais. E, para minha surpresa, entre os personagens havia um com meu sobrenome: Sansão Carrasco! Não há muitos "Carrascos" no Brasil. Meus avós, todos eles, vieram da Espanha para trabalhar na lavoura, no início do século XX. Viagem difícil, que durava meses, em um barco sem comodidade alguma. Meu avô, Ginez Carrasco, veio da Almeria, uma das regiões mais pobres de lá.

Gosto de imaginar que Cervantes se inspirou em um antepassado meu para criar Sansão Carrasco! Quem sabe? Carrasco não é um nome comum, mesmo na Espanha!

Mas não é só por causa do personagem que tem o mesmo sobrenome que o meu que amo *Dom Quixote*. Sou muito sonhador, desde garoto. Mesmo agora, já adulto, sempre crio novos sonhos, que movimentam minha vida. Quem tem grandes sonhos, muitas vezes é ridicularizado pelas pessoas em torno. A grandeza de Dom Quixote está justamente em sua capacidade de sonhar. Muitas vezes é preciso lutar contra o impossível, como Dom Quixote contra os moinhos de vento. Mas o que é um escritor, senão alguém que transforma moinhos de vento em gigantes, camponesas em princesas, nas páginas do que escreve? O escritor, mesmo o mais realista, absorve o mundo em que vive e o recria na sua imaginação. Não é assim Dom Quixote?

E batalhar pelos próprios sonhos dá um grande sentimento de realização. Mesmo que sejam distantes. Totalmente impossíveis, nunca! Transformar os sonhos em realidade depende de cada um de nós.

Eu ri e me emocionei quando li *Dom Quixote* pela primeira vez. Continuo rindo e me emocionando ao longo dos anos, pois o reli muitas vezes. Por isso resolvi traduzir e adaptar *Dom Quixote*. Mergulhei profundamente nas páginas desse livro que sempre amei. E trabalhei com entusiasmo, alegria, para apresentar as aventuras do fidalgo da Mancha e compartilhar cada linha, cada página!

Dom Quixote faz parte da minha vida. Meu amor pelos sonhos — e também por ler e escrever — tem tudo a ver com este livro.

Quem foi Miguel de Cervantes

Miguel de Cervantes Saavedra nasceu em 1547, em Madri, Espanha, foi romancista, dramaturgo e poeta. *Dom Quixote de la Mancha* é considerado sua obra-prima e um dos melhores romances já escritos. Cervantes nasceu em uma família pobre, alistou-se para combater os turcos e foi preso em Argel em 1575, onde ficou por cinco anos. Novamente encarcerado em 1597, vítima de falsa acusação, começou a escrever *Dom Quixote,* publicado em duas partes: a primeira em 1605 e a segunda em 1615. Suas principais obras são *Novelas exemplares, Viagem de Parnaso, A Numancia* e *O trato de Argel.* Faleceu em 1616, pobre e esquecido, e postumamente foram publicados os romances de sua autoria *Os trabalhos de Persiles e Sigismunda.*

Quem é Walcyr Carrasco

© ARQUIVO DO AUTOR

Walcyr Carrasco nasceu em 1951 em Bernardino de Campos, SP. Escritor, cronista, dramaturgo e roteirista, com diversos trabalhos premiados, formou-se na Escola de Comunicações e Artes de São Paulo. Por muitos anos trabalhou como jornalista nos maiores veículos de comunicação de São Paulo, ao mesmo tempo que iniciava sua carreira de escritor na revista *Recreio*. Desde então, publicou mais de trinta livros infantojuvenis ao longo da carreira, entre eles *O mistério da gruta, Asas do Joel, Irmão negro, A corrente da vida, Estrelas tortas* e *Vida de droga*. Fez também diversas traduções e adaptações de clássicos da literatura, como *A volta ao mundo em 80 dias*, de Júlio Verne, e *Os miseráveis*, de Victor Hugo, com o qual recebeu o selo de altamente recomendável pela Fundação Nacional do Livro Infantil e Juvenil. *Pequenos delitos*, *A senhora das velas* e *Anjo de quatro patas* são alguns de seus livros para adultos. Autor de novelas como *Xica da Silva*, *O cravo e a rosa*, *Chocolate com pimenta*, *Alma gêmea* e *Caras & Bocas*, é também premiado dramaturgo — recebeu o Prêmio Shell de 2003 pela peça *Êxtase*. Em 2010 foi premiado pela União Brasileira dos Escritores pela tradução e adaptação de *A Megera Domada*, de Shakespeare.

É cronista de revistas semanais e membro da Academia Paulista de Letras, onde recebeu o título de Imortal.